ANNA BURNS

GROSSTENTEILS HELDENHAFT

ROMAN

AUS DEM ENGLISCHEN
VON ANNA-NINA KROLL

TROPEN

Die Arbeit der Übersetzerin am vorliegenden Text wurde vom Deutschen Übersetzerfonds gefördert.

Dieses Buch wurde mit Unterstützung von Literature Ireland veröffentlicht.

Promoting and Translating Irish Writing

Tropen
www.tropen.de
Die Originalausgabe erschien unter dem Titel »Mostly Hero«
im Verlag Faber & Faber Limited, London
© 2014 by Anna Burns
Published by Arrangement with Anna Burns
Dieses Werk wurde vermittelt durch die Literarische Agentur
Thomas Schlück GmbH, 30161 Hannover
Für die deutsche Ausgabe
© 2024 by J. G. Cotta'sche Buchhandlung Nachfolger GmbH,
gegr. 1659, Stuttgart
Alle deutschsprachigen Rechte vorbehalten
Cover: Zero-Media.net, München
unter Verwendung einer Illustration von © FinePic®, München
Gesetzt von C.H.Beck.Media.Solutions, Nördlingen
Gedruckt und gebunden von CPI – Clausen & Bosse, Leck
ISBN 978-3-608-50262-6
E-Book ISBN 978-3-608-12331-9

Die Schurken von Downtown Eastside belegten Femme Fatale mit einem Zauber, unter dessen Einfluss sie Superheld umbringen sollte. Merken würde sie davon nicht das Geringste. Die Schurken hielten diesen Plan für vorzüglich und narrensicher, doch vollkommen narrensicher war er nicht, denn die bösen Zauberer, bei denen sie ihn erstanden hatten, sagten, es handle sich um einen neuen, noch nicht vollendeten und daher nicht vollkommen verlässlichen Zauber. Sie könnten garantieren, dass derjenige, den man damit belege, einen unwiderstehlichen Drang verspüre, die Person zu töten, auf deren Tötung er programmiert war. Nur würde er es möglicherweise nicht ununterbrochen versuchen. Die Schurken stellten Berechnungen an und kamen zu dem Schluss, dass die prozentuale Wahrscheinlichkeit, dass sie ihn umbrachte, höher war als die prozentuale Wahrscheinlichkeit, dass sie es vergaß. Von daher also: vorzüglich und *fast* narrensicher. Besonders sagte den Schurken zu, dass die Frau, gleich nachdem sie ihren Geliebten getötet hätte, zu sich kommen und begreifen würde, was sie getan hatte. Sie würde schreien, rasen, ihr Herz und sie selbst wären gebrochen, und anschließend würde sie verhaftet werden und ins Gefängnis kommen. Doch das war noch nicht einmal das Vorzüglichste. Diese Femme fatale war in den Augen der Schurken ein kleiner Fisch. Wirklich durch und durch orgiastisch wäre die Tatsache, dass es Held eiskalt erwischen würde. Normalerweise war es sehr schwierig, ihn so zu erwischen – aufgrund seiner Ausbildung und der ganzen Superkräfte und so weiter. Aber in diesem Fall wäre er überrumpelt, vielleicht zu Hause, vielleicht schon halb ausgezogen, vielleicht bei irgendeiner Haushaltstätigkeit, vielleicht beim Kaffeekochen in der Küche, während er mit entblößter, offener Flanke über die Herrlichkeit seiner Geliebten nachsann. Er wäre gerade völlig perplex und baff, dass es ihm nach so vielen Jahren endlich gelungen war, jemanden an sich heranzulassen. Er würde sich umdrehen, um dies seiner ganz persönlichen Femme fatale mitzuteilen, die sich just in diesem Augenblick von hinten an ihn heranschliche. Und dann wäre er noch einmal ganz anders perplex, denn im selben Augenblick würde sie mit den Dolchen zustoßen. Das wäre sein Ende, lachten die Schurken, und faktisch wäre es auch ihr Ende, jedenfalls als glückliche Frau – sofern man denn Femmes fatales als glückliche Frauen bezeichnen kann. Also rieben sie sich hämisch die Hände, diese Schurken, und kauften den Zauber und brachten ihn nach Hause in ihre Residenz in der Downtown Eastside, wo sie das Ritual in der für Zaubersprüche erforderlichen dünnen Atmosphäre vollzogen, indem sie die Anleitung auf der

Dose genauestens befolgten. Hinterher konnten sie vor Freude kaum an sich halten und lehnten sich zurück, um das positive Ergebnis und dessen Folgen in der Gewissheit abzuwarten, dass sich alle ihre Träume von der Weltherrschaft – diesmal dauerhaft – erfüllen würden, sobald Superheld aus dem Weg geräumt wäre.

Nun waren diese Schurken Intelligenzbestien allerhöchster Güte und verfügten über einen enorm hohen IQ und phänomenales Durchhaltevermögen, wenn es darum ging, regelmäßig die Welt zu erobern und die Herrschaft ganz kurz an sich zu reißen, ehe Superheld ebenso regelmäßig einschritt und sie ihnen wieder abnahm. Doch die großen Hirne nützten ihnen in diesem Fall herzlich wenig, denn, wie jedes Kind mit einem Actioncomic ihnen hätte sagen können, lagen sie mit ihrer Überzeugung, dass Superheld keinerlei schmutzige Machenschaften von dieser Frau erwartete, von vorne bis hinten falsch. Sie schienen nicht begreifen zu können, dass ihr Feind, der starke, schweigsame Held, ein grundlegendes, stereotypes Problem damit hatte, überhaupt jemandem zu vertrauen, was kein direkt angeborener Charakterzug war, aber doch ein beinahe von Geburt an vorhandener. Von allen, denen er misstraute, misstraute dieser konkrete Held natürlich am meisten Femme Fatale, der Frau, die er liebte. Schon bevor er den Zauber an ihr bemerkte, traute er ihr kaum über den Weg. Er hätte es sich anders gewünscht, aber so läuft das nun mal. Seit sie verzaubert worden war, hatte sie vierzig Mordanschläge auf ihn verübt, und zwar mittels Schubsern vor fahrende Autos, Beinchenstellen auf der obersten Treppenstufe, spontanen Vergiftungen, zufällig griffbereiten stumpfen Gegenständen, improvisierten spitzen Gegenständen und natürlich Niedermähen mit ihrem Auto. Inzwischen war der Punkt erreicht, an dem Superheld, immer wenn sie sich in der Nähe aufhielt, in Kampf- und Alarmbereitschaft war, und wenn sie sich nicht in der Nähe aufhielt, war er genauso in Kampf- und Alarmbereitschaft.

Alles in bester Ordnung also. Um acht Uhr heute Morgen hatten sie auf den Stufen des Gerichtsgebäudes ausgemacht, sich um zwölf Uhr zum Mittagessen zu treffen, und er hatte gesagt: »Aber komm bloß nicht zu spät, Femme. Ich habe hinterher noch ein paar Weltrettungstermine.« Und sie hatte gesagt: »Komm selber nicht zu spät. Ich habe genauso wichtige Sachen zu erledigen.« Und damit zog sie eine Pistole aus der Handtasche und versuchte, ihm in den Kopf zu schießen. Gerade noch rechtzeitig konnte er sie ihr aus der Hand reißen. Dann versuchte sie, ihn von dort, wo sie standen, die restlichen Stufen der Gerichtstreppe hinunterzustoßen. Dann gab es ein Gerangel, bei dem sie wieder zu sich kam und nun glaubte, sie lägen einander in den Armen. Augenblicklich und vollständig umschlang sie ihren Liebhaber. Dann küsste sie ihn auf den Mund. Dann küsste sie ihn noch einmal, weil der erste Kuss so schön gewesen war. Dann strich sie sich das Kleid glatt und sagte: »Denk dran, ich meine es ernst, Held. Komm nicht zu spät. Ich habe auch dringende Sachen zu erledigen – und um Himmels wil-

len. Es ist acht Uhr morgens. Pack die Waffe weg.«
Mit diesen Worten ging sie ins Kaufhaus, um sich *schon wieder* ein Kleid auszusuchen, diesmal, um es beim Mittagessen mit Held zu tragen – und ein neues Kleid erfordert einen neuen Hut, und ein neues Kleid erforderte außerdem neues Mobiliar und eine weiche, dekorative Innenausstattung und eine generelle wohltuende Neusortierung ihrer Wohnung, die wiederum eine neue Handtasche erforderte, und weil ein neues Kleid neue Handschuhe erfordert, kaufte sie auch Handschuhe, dann stattete sie dem Kurzwarenladen einen Besuch ab und dann dem Baumarkt. Danach stand eine Beratung beim Chloroform-Experten an, dann bei einer Therapeutin, um unbewusste Motive durchzusprechen, und – weil das Kleid auch das auslöste – ein Besuch in der Kunstgalerie, um Kunst zu erwerben. Schließlich spendete sie einen Betrag für den guten Zweck, der zehn Prozent dessen entsprach, was sie gerade an Geld ausgegeben hatte. Wie gesagt, ein neues Kleid erfordert alles, und als das erledigt war, verbrachte sie die verbleibenden Stunden bis zum Mittagessen bei einer Verwandten väterlicherseits: ihrer lieben kleinen, süßen kleinen, aus der Zeit gefallenen, exzentrischen Großtante.

Nun war Großtante selbst auch Schurkin und das Süße – *schrecklich süß, schmerzhaft süß, ganz, ganz schrecklich* – reine Tarnung. Superheld, der zu jedem eine Akte hatte, wusste das durchaus. Großtante wiederum hatte ebenfalls eine Akte über ihn. Mit dem Zauber jedoch, mit dem ihre Großnichte belegt worden war, um ihn umzubringen, hatte sie nichts zu tun. Sie wusste nicht einmal, dass es einen solchen gab. Auch war sie nicht darüber informiert worden – wobei die Männer auf ihrer Gehaltsliste natürlich sehr bald dafür sorgen würden –, dass die Schurken von der Downtown Eastside wieder ein Komplott aushecken, um die Weltherrschaft an sich zu reißen, und darum Superheld zügig aus dem Weg schaffen wollten. Großtante hegte keinen tiefsitzenden persönlichen oder sippschaftlichen Groll, weil ihre Großnichte mit Superheld ausging. Nein, sie war selbst einmal jung gewesen und wusste nur zu gut, wie berauschend die Mischung aus Fatalität und Übermenschlichkeit war. Es konnte bloß sein, dass es zwischen kleiner Nichte und ihr zu Spannungen käme, falls sie – die ebenfalls plante, die Weltherrschaft wieder an sich zu reißen – Superheld im Verlaufe dessen vernichten musste. Es war schon eine Weile her, seit sie die Weltherrschaft an sich gerissen hatte, aber ihre Überlegung war folgende: Sie wurde alt und hatte nicht mehr lange zu leben, da konnte sie doch noch ein letztes Mal die Herrschaft an sich reißen, ehe sie abtrat. Die vier glorreichen Male, die sie es in ihrer Karriere tatsächlich geschafft hatte – im Alter von einundzwanzig, fünfundzwanzig, achtundzwanzig und vierundsechzig Jahren –, war sie weit länger an der Macht geblieben als alle anderen Schurken, und kein einziges Mal war sie ausgelöscht worden, als der Held der Stunde einschritt, um sie zu bezwingen und die Welt zurückzuerobern. Sie traute sich einen neuen Versuch durchaus zu, und die Klärung der Frage, ob die

Tötung von Superheld sich negativ auf ihre Nichte auswirken würde, war einer der Gründe für ihr Entzücken, als ebenjene Nichte unerwartet vor der Tür stand.

Tante wohnte in einem Wolkenkratzer mit dreihundertneunzig Stockwerken, einem Gebäude voller Geheimgänge und versteckter Ein- und Ausgänge, das sie in den letzten zwanzig Jahren nicht verlassen und stattdessen das Geschehen aus dem Kontrollzentrum im Erdgeschoss beaufsichtigt hatte. Mit ihren zweiundachtzig Jahren bestand sie immer noch darauf, allein (mit Ausnahme ihrer Angestellten natürlich) in dem verschachtelten Komplex zu leben. Das war nur einer der Gründe, wegen derer Femme ihre Tante für quicklebendig und exzentrisch hielt, wobei ihr, hätte sie ihre Tante so gekannt wie Superheld, klar gewesen wäre, dass »exzentrisch« ein vollkommen unzureichender Begriff war. Zu Beginn der Pubertät war Femme von ihrer Familie erklärt beziehungsweise war sie ermahnt worden, sich in Acht zu nehmen, aufzupassen, Vorsicht walten zu lassen, denn es gebe eine Veranlagung zu krankhafter, ungesunder Femme-Fatalität, die den Großteil der Frauen in der Familie betreffe, allerdings war ihr nicht gesagt worden, dass auch ein von der Norm abweichendes, übersteigertes Schurken-Gen hin und wieder auftrat. Sie selbst hatte keinerlei bemerkenswerte Femme-Fatalität an den Tag gelegt, bis vor Kurzem jedenfalls, als sie mit diesem Zauber belegt worden war, von dem sie ebenso wenig wusste. Tatsächlich sah sie sich selbst als absoluten Gegensatz zur Femme fatale – das brave Mädchen, das ungefährliche Mädchen, das Reizende-Mädchen-von-nebenan-Mädchen – und glaubte, sie sei jeglichem seelenlosen Generationenerbe entkommen, dem falscher Glamour, schmutziges Geld und Männer mit Macht, aber zweifelhafter Moral wichtiger waren als alles andere; sie glaubte, das unglückliche, verdrießliche Fatale-Gen habe sie übersprungen. Sie hegte zudem keinerlei Verdacht bezüglich der Ruchlosigkeit ihrer Großtante. Und das war Großtante recht. Da war Femme nun also und kam ihre tattrige, vergessliche alte Verwandte besuchen, der perfekte Anlass für das Genie mit dem rasiermesserscharfen Verstand, endgültig herauszufinden, ob das Kind diesen Helden nun liebte oder nicht.

Der Summer schnarrte, und Femme betrat den geräumigen Lastenaufzug zum Penthouse, das Großtante als Wohnbereich nutzte. Den musste sie nehmen, denn es hatte zwar einmal einen richtigen Aufzug gegeben, doch der war laut Großtante eines Nachts einfach verschwunden. Mehr konnte der alten Dame hierzu niemand entlocken, und hätte es nicht wirklich so ausgesehen, als würde der Aufzug fehlen, hätten sie das arme Tantchen wohl für senil erklärt. Aber er fehlte tatsächlich, sodass Besucher entweder die Treppen – davon gab es Tausende – oder den Lastenaufzug nehmen mussten, der launisch war und rumpelte und zwölf Minuten länger brauchte als der normale Aufzug, seinen Zweck am Ende aber doch erfüllte. Oben im Penthouse angekommen durchquerte Femme den Korridor und betrat den Besinnungsraum, wo sie ihre Tante wie so oft in Morgenrock und einem Tränenmeer vorfand. Nichts Ungewöhnliches. Die alte Dame schaute im Besinnungsraum fern, meist eine Mischung aus Film noir, Hollywood-Grusel und Comic-Fantasy-Actionfilmen – eigentlich alles, solange nur ernstzunehmende Schurken darin kämpften –, und weinte ungeniert an allen Stellen, an denen ein Schurke den Tod fand. Außerdem rief sie den Filmfiguren Anfeuerungen oder Schmähungen zu, je nachdem, ob gerade der Held oder der Schurke am Zug war. Wenn *sie* Bewegtbilder über Helden und Schurken drehen dürfte, dachte sie, würden alle Guten grausame Tode sterben.

Und jetzt, wie schön. War ihre Großnichte zu Besuch. »Komm rein, mein Spatz«, rief sie mit zittriger, schrecklich süßer Stimme. »Ich kann gerade nicht aufstehen, weil ich alt und extrem mitgenommen bin von diesem traurigen Teil des Films. Aber es ist herrlich, dich zu sehen. Komm rein und besuch mich, gib mir nur ein Sekündchen, damit ich mir die Nase putzen und mich richten kann.« Nachdem sie sich die Augen abgetupft und den Fernseher stumm geschaltet hatte, kämpfte sich Großtante mühsam aus ihrem gemütlichen kleinen Alte-Damen-Sessel. Sie umarmte ihre Großnichte aufrichtig und großherzig und sagte: »Ach, was bin ich für eine rührselige, nutzlose alte Schachtel«, und Femme erwiderte die Umarmung und rügte ihre Verwandte. Sie glaube nicht, dass es Großtante guttue, sich von diesen Filmen das Herz brechen zu lassen, erst recht in ihrem fortgeschrittenen Alter und erst recht, wo der Tag noch so jung sei. Doch Großtante hörte kaum hin. Sie hatte während der Umarmung bereits erneut auf die Fernbedienung gedrückt und den Sender gewechselt, nämlich zum *Informationskanal Für Superschockierende Nachrichteneilmeldungen Ausrufezeichen!!!!!!,* wo sie sich per Blitzmeldung auf den neuesten Stand der Gerichtsverhandlung gegen den jüngst von Superheld bezwungenen Schurken brachte, der erst diese Woche versucht hatte, die Weltherrschaft an sich zu reißen.

»Seine Großmutter habe ich mal kennengelernt«, sagte sie, während im Fernsehen die Videoeinblendung über den in Untersuchungshaft sitzenden ehemaligen Weltherrscher lief, in der auch Held zu sehen war, der ein paar Meter weiter von anderen Medienvertretern interviewt wurde. Femme löste sich aus der Umarmung und wandte sich um, damit auch sie den Bildschirm sehen konnte. Sie verstand Großtantes Bemerkung fälschlicherweise als auf den niederträchtigen Weltherrscher bezogen und rief: »Du hast die Großmutter von diesem Schurken gekannt!«, und Großtante nickte. »Seinen Großvater habe ich auch gekannt«, sagte sie. »Leider ist er gestorben«, fuhr sie fort, »Jahre bevor ich die Großmutter kennenlernte. Ja, ich habe sie gekannt – und die Mutter auch und die unmittelbare Familie und die erweiterte Familie und die

Angestellten, die Bodyguards, die Wachhunde, die Anverwandten und Bekannten. Die gesamte bucklige Verwandtschaft der Großmutter dieses Mannes habe ich gekannt.« Was Großtante nicht erwähnte, war, dass der Anlass, zu dem sie allen diesen Menschen knapp zwanzig Jahre zuvor begegnet war, derselbe gewesen war, bei dem sie sie alle hatte umbringen lassen. »Nur ihn nicht«, sagte sie und zeigte auf den Fernseher. »Er war damals noch ein Kind und zur sicheren Verwahrung außer Landes geschickt worden.« Sie seufzte. »Meine Güte, das war wirklich ein anstrengender Tag.« Nach kurzem Schweigen riss sie sich von den Erinnerungen an standrechtliche, gnadenlose und erfolgreiche Hinrichtungen los und sagte: »Aber genug von mir, kleines menschliches Heilmittel. Erzähl mir von dir und allem, was du in letzter Zeit erlebt hast. Zum Beispiel von dem jungen Mann, mit dem du neuerdings ausgehst, wie dein Vetter Freddie mir erzählt hat.«

Femme war entsetzt. Obwohl sie bei den meisten Themen unverstellt, kontaktfreudig und gesprächig war, sprach sie nie, nein, nie, niemals nie über Männer, mit denen sie ausging. Auch nicht über Männer, mit denen sie gerne ausgegangen wäre. Auch nicht über Männer, über die sie nachdachte. Auch nicht über Begehren. Auch nicht über Liebe. Auch nicht über Sex. Nicht einmal mit Großtante, deren Hirn ein Sieb war, das nichts behalten würde, und die als alte Jungfer sowieso nichts damit würde anfangen können und die außerdem nicht mehr lange zu leben hatte, auch wenn sie mittlerweile seltsam mädchenhaft klang. Von daher: Nein. Kam gar nicht in die Tüte. Das Thema Männer war zu privat, zu heikel, zu sensibel und vor allem völlig ungeeignet für oberflächliches, belangloses Geplauder. Sofort reagierte sie verhalten oder gehemmt oder abweisend oder vage oder doppelzüngig oder eigentlich alles zusammen.

»Unsinn, Großtantchen!« Sie wischte die Frage ihrer Verwandten mit einem Lachen beiseite, das zu schrill war, um echt zu sein. »Freddie redet dummes Zeug. Der Mann ist nicht mein junger Mann. Ich bin nur … Wir sind nur … Er ist nur … Wir verabreden uns – manchmal. Das sind nicht mal richtige Verabredungen. Wir sind eigentlich nur Bekannte. Lernen uns gerade erst kennen. Eigentlich sind wir uns kaum begegnet. Bin ich ihm noch gar nicht begegnet. Kenne ich ihn nicht. Keine Ahnung, von wem du da redest.« Darauf folgte viel Schulterzucken, Kopfschütteln, Blickenausweichen, Leugnen der Wahrheit und der Tatsache, dass ihr Begehren irgendeine Rolle in dieser Angelegenheit spielte, dass Begehren auch nur irgendwo eine Rolle spielen oder als solches erkannt werden könnte. Alles musste geschützt werden. Doch Großtante hatte den harmlosen Frageteil noch nicht beendet. Für jede unverbindliche Antwort, die ihre Nichte auf eine unverbindliche Frage gab, hatte sie eine weitere Frage im Ärmel. Sie war fest entschlossen herauszufinden, wie viel genau kleiner Ohrring hier über das Treiben seines Liebhabers wusste. Wusste sie zum Beispiel, dass er, natürlich in Tarnung, einer der Männer war, die jetzt gerade im Fernsehen zu sehen waren? Sie fragte Femme, was ihr Verehrer beruflich mache, und Femme, die ihrer Tante keine Angst machen wollte, indem sie enthüllte, dass ihr Freund ein Superheld war – nämlich ebenjener, der jetzt gerade in Tarnung im Fernsehen zu sehen war –, sagte: »Er ist freischaffend«, und hoffte, dass diese Bezeichnung neumodisch genug war, dass ihre alte Tante nicht weiter nachhakte. Großtante dachte: Dann weiß sie Bescheid. Aber liebt sie ihn, oder kann ich ihn umbringen? An dieser Stelle fing Femme wieder an, auszuweichen und herumzustammeln. Dieses Hakenschlagen setzte sich noch ein wenig fort, bis Großtante auf die Uhr schaute und dachte: Du lieber Himmel, wenn das so weitergeht, sind wir morgen noch hier. Ich werde sie hypnotisieren müssen. Also brachte sie Nichte mit einem schraubstockartigen Griff zum Sitzen, den Femme in ihrer Aufregung gar nicht bemerkte. Dann setzte sich Großtante ebenfalls hin, beugte sich vor zu ihr und sagte: »Femme, was bedeutet dieser Mann dir?« Femme öffnete den Mund, um mit ihren üblichen Offenbarungen über nichts und niemanden fortzufahren, doch diesmal schnippte Großtante vor dem Gesicht ihrer Nichte mit den Fingern, und aller Anschein von nichts und niemandem löste sich in Luft auf.

Nun stand Femme also gleichzeitig unter zwei Zaubern. Dieser jedoch war kein Zauber in der Testphase. Dieser Zauber hier war vollendet, weshalb sie keine andere Wahl hatte, als auszupacken. Von diesem Zeitpunkt an war das Problem nicht mehr, dass Großtante zu wenig aus ihrer Nichte herausbekam, sondern eher, dass niemand außer einer Supermacht wie Großtante sie wieder würde stoppen können. Sofort platzte es einseitig und ihren eigenen Blickwinkel komplett in den Vordergrund stellend aus ihr heraus. Großtante wurde geradezu überschüttet, so eilig hatte es Femme damit, alles loszuwerden.

»Na gut, ich weiß, wie das jetzt aussieht«, sagte sie. »Die Weltgemeinschaft wird behaupten, ich wäre selbstsüchtig und besitzergreifend, weil es so wirkt, als hätte er diese ganzen humanitären Anliegen, diese ganzen Missionen, auf denen er Schurken besiegt und die Welt rettet. Aber er versteckt sich hinter diesem Job, Tantchen. Das ist kein strenger, moralischer Kodex, kein edel gesinnter Altruismus. Es ist eine einzige riesige Übersprungshandlung, alles nur, um sich von sich selbst – und von anderen – und von mir – abzulenken. Er hat panische Angst vor Menschen. Mag Menschen nicht, wegen seiner panischen Angst vor Menschen. Deshalb arbeitet er ›bei Nacht und Nebel‹. Er ist ein Nacht-und-Nebel-Typ, Tantchen. Macht keine normalen Sachen zu normalen Zeiten. Mittag essen zum Beispiel. Heute hat er zwölf Uhr vorgeschlagen, was erst mal normal klingt, oder? Finde ich auch, aber warte ab, bis du hörst, wo wir uns treffen. Wir treffen uns am Rand einer Klippe. Seine Idee. Ich habe mich drauf eingelassen, weil er diesmal wenigstens eine vernünftige Uhrzeit vorgeschlagen hat, zu der normale Menschen Mittag essen. Aber wir treffen uns am Rand der Klippe, und sobald wir uns getroffen haben, fahren wir mit seinem Auto zurück in die Stadt. Dabei waren wir doch schon in der Stadt! In der Stadt zu bleiben und sich im Restaurant zu treffen, wäre zu einfach oder zu viel Verbindlichkeit für ihn. Darum muss er alles Einfache verkomplizieren. Bei ihm heißt es immer nur erstgenannte Partei und zweitgenannte Partei, nie du oder ich, aber wer macht denn so was, Tantchen? Wer macht das, wenn es ums Mittagessen geht? Also will er mich nicht, oder er will mich nur bei Nacht und Nebel, sodass ich erst nach Mitternacht gut genug bin, sodass er erst nach Mitternacht anruft oder sich an fragwürdigen Orten mit mir trifft, wenn es nicht nach Mitternacht ist. Aber selbst dann ist er maskiert. Du denkst, das ausdruckslose, teilnahmslose, gedankliche Arbeit leistende, nichts preisgebende Gesicht ist nur sein Öffentlichkeitsgesicht? Von wegen. So sieht er die ganze Zeit aus. Will sein Gesicht nicht mal ganz unsymbolisch zeigen, denn selbst dann würde es ja um irgendwas gehen. Er metzelt alles nieder, aus Angst, macht alles platt. Ja, toll, er rettet die Welt. Toll, dass er so ein toller Kerl ist – er ist nämlich tatsächlich ein toller Kerl, das ist er wirklich, Tantchen! –, aber er lebt einen Tod – verrenkt sich zu Nacken-, Rücken-, Hüftschmerz, hockt in Ecken, beobachtet die Tür, sitzt auf dem Dach, spielt Fernrohr am offenen Fenster. Man könnte glatt meinen, er sei der Bösewicht und nicht der Superheld. Ja, selbst in meiner Gesellschaft ist er schreckhaft und gereizt! Ich lasse mich nicht gern über das Wesen eines Menschen aus, weil es wichtig ist, fair zu bleiben, Tantchen, und die Leute anzunehmen, wie sie sind, sich nicht über ihr Wesen auszulassen, aber, Großtante, nichts davon macht einen Mann glücklich oder gesund oder ausdrucksstark. Und da fällt mir noch was ein – Sex.«

»Halt!«, befahl Großtante und schnippte erneut mit den Fingern. Sie hatte genug gehört, und es war schlimmer, viel schlimmer als gedacht. Das Kind war unsterblich verliebt. Natürlich konnte sie Held jetzt nicht mehr einfach auslöschen – nicht, wenn Schokolädchen hier so verliebt in ihn war. Das Ganze hatte selbstverständlich keine Zukunft, aber wann hatte das je irgendwen abgehalten? Bezüglich ihrer eigenen Beziehung zu Superheld konnte sie die Sache vielleicht auch anders betrachten. Pragmatisch gesehen war es sehr zu ihrem Vorteil, dass Held alle ihre Rivalen ausschaltete. Das bedeutete allerdings auch, dass früher oder später sie selbst an der Reihe wäre. Blieb nur die Frage, ob er sie kleiner Nichte zuliebe verschonen würde, so wie sie ihn kleiner Nichte zuliebe verschonte, oder ob er seinem Beruf Vorrang einräumen würde, sowie dem Groll, den er eventuell gegen sie hegte, falls er herausgefunden haben sollte, dass nicht die Eastside-Gang, wie man munkelte, alle seine Verwandten getötet hatte, sondern sie. Wenn es zu einem Showdown zwischen ihnen käme, hätte sie keine andere Wahl, als ihn auszulöschen. Es wäre Notwehr, und kleine Schönheit hier würde es ihr kaum verdenken können. Was war das überhaupt mit den jungen Leuten und ihren Liebesgeschichten heutzutage? Zu Großtantes Zeiten hatte man gelacht, geweint, sich verliebt, sich geliebt, sich gestritten, seine Superkräfte, sein tyrannisches Wesen, seine Massenvernichtungswaffen eingesetzt, um einander auszulöschen. Dann hatte man sich wieder versöhnt und gelacht und geweint und sich von Neuem ineinander verliebt. Ganz einfach. Was sollte also dieses ganze »Analysieren«? Was sollten diese »Übersprungshandlungen«? Und was war mit diesem »gestörten Verhältnis« und »Wesen« und »auslassen über das Wesen«? Hinterher endete ja doch alles wieder, so schien es Großtante, in derselben Herzschmerzhölle.

Während Großtante noch die Spontaneität und Schlichtungslosigkeit der Liebesgeschichten von früher mit den verkrampften, heftig kontrollierten Konstrukten von heute verglich, erwachte Femme aus dem Zauber ihrer Tante. Sie war überzeugt, die Worte nicht wirklich auszusprechen, und doch kam es ihr stark so

vor, als sagte sie: »Verrate bloß niemandem, dass ich dir das verraten habe, das ist vertraulich, meine Verschwiegenheit hat komplizierte Gründe, ich verlasse mich auf deine Diskretion, gib mir dein Ehrenwort, gelobe, versprich, schwör auf dein Grab, dass du nicht –«
Nein. Das konnte sie nicht gesagt haben, denn dafür gab es ja gar keinen Anlass. Sie hatte Großtante keinen Einblick in ihr Herz gewährt. Gerade in diesem Moment saß die alte Dame ihr gegenüber – selbstzufrieden, lächelnd, harmlos – und sah für jeden Außenstehenden so aus, als würde sie stricken. Großtante vermittelte Femme immer den Eindruck, sie würde stricken oder übers Stricken schwafeln – Nadelgrößen, Babywolle, Maschenspannung, rechte Maschen, linke Maschen, Spiralmuster, Knötchenmuster, ihren zweimal wöchentlich stattfindenden offenen Strickkreis –, was bemerkenswert war, denn Großtante kannte weder Strickerinnen noch Babys, und sie strickte auch nie. Zu Femmes Glück schien es, als hätte Tante ihre vorsichtigen, unverbindlichen Antworten bezüglich der Liebesbeziehung mit Superheld geschluckt. Und nun, da die Fragerei ein Ende hatte, schlug die junge Frau vor – denn mysteriöserweise schien Tantes Personal an diesem Tag zu fehlen –, schnell in die Küche zu huschen, um ihnen Tee zu machen.

Großtante war begeistert. »Ja! Tee! Tee!« Die alte Dame klatschte aufgeregt in die Hände, und Femme tätschelte sie lächelnd und machte sich dann auf den Weg in die Küche, um eine Auswahl an Tee und Keksen zusammenzustellen. Kaum war sie aus dem Zimmer, sprang Großtante aus ihrem Sessel und war blitzschnell unten im Kontrollzentrum. Ermöglicht wurde ihr die rasante Fortbewegungsgeschwindigkeit durch den eigentlichen Aufzug des Wolkenkratzers, der in Wirklichkeit nicht verschwunden, sondern von ihren Technikern bloß zu einem Turboraketenflugzeugaufzug mit Apollo-Triebwerk umgebaut worden war. Der Aufzug war raffiniert, der Aufzug war superschnell, und er bestätigte das Diktum, dass man, nur weil man ein Gebäude siebentausenddreihundertundfünf Tage lang nicht verlassen hat, nicht gleich seine Warpgeschwindigkeit und seinen draufgängerischen Antrieb verliert. Es war das beste Liftmobil aller Zeiten, es hatte sogar Überlichtgeschwindigkeit. Großtante sprang hinein und zischte nach unten, wo sie nach Bedienung der ausgeklügelten Instrumentierung einen Befehl gab, der die vorherige Ansage widerrief, die gelautet hatte, dass es ihr nur recht sei, falls jemand Superheld umbringen wolle. Jetzt sagte sie, es sei ihr nicht recht und niemand solle ihn umbringen. Im Gegenteil: Alle sollten ihn gefälligst beschützen – es sei denn, man erhalte wieder neue Anweisungen, ihn umzubringen. Im Anschluss erteilte sie außerdem den Befehl, die Eastside-Gang und ihre Verbündeten sowie alle ihre Frauen und Kinder auszulöschen, und als das erledigt war, sauste sie in ihrer Apollo zurück in den Alte-Damen-Sessel, und genau dort fand Femme, die gerade mit einer Tablettladung Erfrischungen durch die Schwingtür kam, sie vor wie immer: im Morgenrock, vor dem Fernsehbildschirm, in Tränen aufgelöst.

Also tranken sie gemeinsam Tee, schauten sich gemeinsam ein Stückchen von *Der dritte Mann* an, erfuhren gemeinsam von weiteren Entwicklungen auf dem *Informationskanal Für Superschockierende Nachrichteneilmeldungen Ausrufezeichen!!!!!!,* und dann war es für Femme an der Zeit zu gehen. Sie umarmte und küsste ihre liebe kleine, süße kleine Tante und sammelte ihre unzähligen Einkaufstüten zusammen. Von der Tür aus warf sie ihrer Verwandten weitere Küsse zu und versprach, sie bald wieder zu besuchen.

Beim Verlassen des Gebäudes, auf dem Weg zu ihrem Treffen mit Superheld auf der Klippe, lief Femme ihrem Vetter Freddie in die Arme, der gerade die Eingangshalle betreten hatte und auf den Lastenaufzug wartete. Freddie war von der Einfaltspinselseite der Familie, weshalb er sich von Zeit zu Zeit in unpassende Frauen verliebte. Diese Affären endeten immer mit Tod, doppeltem Spiel, Raub, Gerichtsterminen, ruiniertem Ruf, Gefängnisstrafen, Geldstrafen, Sozialstunden oder zuallermindest – wenn auch nicht aus Freddies Sicht – mit Herzschmerz aufgrund brutaler Zurückweisung durch die eiskalte Geliebte, die er geliebt hatte. Sie hatte ihn allem Anschein nach nicht zurückgeliebt, sondern nur so getan als ob. Und das war lediglich einer der Punkte, die nicht passten.

Freddie sah krank aus, was daran lag, dass er immer krank aussah – wegen seines Lebensstils und seiner schwachen Moral und weil er kein vagabundierender Tunichtgut war, der in direktem Verhältnis zur Zahl seiner Verbrechen aufblühte und besser aussah. Das passierte Einfaltspinseln nicht. Nur bestimmte schneidige Schurken hatten dazu einen Hang. Freddie war also kaum *Das Bildnis des Dorian Gray*, er war eher das *Bild* von Dorian Gray. Seine Haut konnte man nicht blass nennen – blass im geweihten, gesegneten Sinne, blass wie jemand, der nächtelang meditiert und betet. Der Farbton war auch nicht rein, sondern stumpf, müde, bleich, von einer hochgespannten Lethargie, zu einem Mann gehörig, der sich von Geheimnissen ernährte, vom Versuch des Hinterfragens, der von seinen Nerven zehrte und nicht aß, weil er nicht aufhören konnte, an seinen Nägeln zu kauen. Femme war nicht erfreut, ihn zu sehen, und das aus zweierlei Gründen. Erstens war ihr Vetter schuld an der lästigen Wahrheitsfindung über Männer, Sex und Beziehungen mit Großtante. Zwar war es ihr gelungen, Tantchen auszudribbeln und so zu verhindern, dass ihr Wesen zum Thema beiläufiger Plauderei wurde, doch falls sich die Geschichte verbreitete, wäre es ihr ein Graus, das Gleiche mit allen anderen wiederholen zu müssen. Zweitens: Was wollte er überhaupt hier? Dazu hatte Femme ihre eigenen Theorien.

»Freddie Ditchlingtonne'ly! Wehe, du nutzt unsere Großtante und ihr naives Vertrauen in die Natur des Menschen aus, um ihr Geld aus den Rippen zu leiern, um damit das neueste Pelzmantelprojekt des neuesten eiskalten Projekts zu finanzieren, das dich gerade übers Ohr haut.« – »Da muss ich dich gleich unterbrechen, Femme«, sagte Freddie gequält. »Monique Frostique ist nicht so eine. Bitte hör auf, die Frau, die ich liebe, zu verleumden.« Als sie von der Identität des neuesten Eisbergs erfuhr, mit dem sich ihr Vetter eingelassen hatte, hätte Femme sich am liebsten die Hände vors Gesicht geschlagen, wenn die nicht ihre Einkäufe getragen hätten. Stattdessen stöhnte sie vor Verzweiflung auf. Monique Frostique war nicht nur eine ausgemachte Fatale, sondern sie hatte auch noch aufgeteilte, multiabweichlerische Gene und war darüber hinaus eine weltbeherrschende Schurkin. Würde ihr Vetter denn nie dazulernen? Frostique war diejenige, so ging das Gerücht, die den »Fledermausmann« umgebracht hatte.

Freddie sagte, es ginge sie zwar nichts an, aber er besuche Großtante nicht wegen des Geldes, sondern aus Liebe und Hingabe. »Die alte Dame ist ganz allein und gebrechlich und tatterig und hat sicher nicht mehr lange zu leben. Übrigens, ist sie allein? Ist jemand bei ihr? Wie geht es ihr gesundheitlich? Siecht sie dahin? Wirkt es so, als könnte sie tödlich –?« – »Es geht ihr gut«, sagte Femme. »Ist allein, schaut Film noirs und Nachrichteneilmeldungssendungen. Aber eins will ich dir sagen, Freddie: Wenn du das arme Tantchen übers Ohr haust, werde ich dafür sorgen, dass es dir leidtut.«

Sie trennten sich mit einem vetterlichen Kuss, Freddie stieg in den Aufzug, und Femme fuhr mit einem Taxi zur Stadtklippe, um dort Superheld zu treffen.

Sie kam pünktlich an, doch er war nicht da. Sie stellte ihre Tüten ab, lief hin und her, wippte mit dem Fuß, schaute auf die Uhr und dachte: Na, so was. Sagt mir, ich soll pünktlich sein, und ist selbst unpünktlich. Sie würde ihm zehn – nein!, fünf – Minuten geben, und wehe, er wäre losgezogen, um die Welt zu retten, ohne wenigstens den Anstand zu besitzen, ihr Bescheid zu geben. Noch bevor die fünf Minuten vergangen waren, war sie überzeugt, dass genau dies der Fall war, und sagte laut: »Gedankenlos. Rücksichtslos. Ungalant. Ich gehe.« Dann bückte sie sich, um ihre Tüten aufzuheben. In diesem Moment rief jemand nach ihr, und dieser Jemand war Held. Er hatte ihre Stimme gehört, und als sie seine hörte, ließ Femme ihre Tüten fallen und schaute sich um, konnte ihn jedoch nirgendwo entdecken. Sie rief nach ihm, und er rief wieder nach ihr, und es klang, als käme seine Stimme von jenseits der Felskante. Sie beugte sich darüber und sah zunächst nur den Fuß der Klippe tief unter sich, der aus Schutt, zerklüfteten Felsen, ausgebrannten Autos und anderen hässlichen, unkenntlichen, in Auflösung befindlichen Dingen bestand. Als sie ihren Namen wieder und wieder aus dieser Richtung hörte, kniff sie die Augen zusammen und schaute ganz genau hin. Und nun entdeckte sie auf halber Höhe oder auf halbem Weg nach unten – je nach persönlicher innerer Einstellung – Held, der sich an aus der Klippe herausragenden Baumwurzeln festhielt.

»Held!«, rief Femme. »Was ist passiert? Wer hat dir das ...? Oder –«, und Femme war natürlich erschrocken, aber, und das muss gesagt werden, auch verwirrt, denn Held war immer schwer einzuschätzen. »Als du gesagt hast, wir treffen uns am Rand der Klippe, meintest du da wörtlich am –« – »Nein!«, rief er. »Ich bin über den Rand gestoßen worden, und meine Superkräfte funktionieren nicht, und mein Halt hier« – er deutete auf die Wurzeln – »gibt allmählich nach.«

»Liebster! Mein Held! Ich rette dich!«, rief Femme und sprang auf. Sie raste auf der Klippe auf und ab, blickte wild umher, aber es war nichts da. Wie sollte sie ihn retten? Das war ihr nie beigebracht worden. Sie stürzte sich auf ihre Massen an Einkäufen, leerte alle achtundvierzig Luxustüten sowie alle zweiundfünfzig Hardcore-Heimwerkerbedarfstüten und sogar ihre Kurzwarentüten auf der Erde aus. Irgendwas. Es musste doch irgendwas geben. Da purzelte direkt vor ihrer Nase ein Seil aus seiner Verpackung. Wie der Zufall es wollte, hatte sie just an diesem Morgen unter dem Zauber, unter dem sie Held umbringen sollte, ein Seil als improvisierte Mordwaffe im Baumarkt gekauft. Der Plan war gewesen, ihn zu erhängen, nachdem sie ihn mit Chloroform betäubt hatte, doch daran konnte Femme sich nicht mehr erinnern. Daher starrte sie das Seil ungläubig an, genau wie all ihre anderen improvisierten Mordwaffen – Wagenheber, Großkaliberschraubenschlüssel, Beil, Hammer, Spitzhacke, Brechstange, Wurfmesser, Springmesser, Chloroform, Radkreuz, Klammerpistole, Strychnin, Arsen, Zyankali, eine geladene Taschenpistole –, allesamt Gegenstände, die sie weder wiedererkannte noch sich auch nur zu besitzen vorstellen konnte. Aber später. Darüber würde sie später nachdenken. Jetzt erst mal zur Sache mit diesem Seil. Sie band ein Ende um einen praktischen Baum, denselben Baum, an dessen unterem Ende sich Held festhielt, und warf das übrige Seil zu ihrem Geliebten hinunter. Held ergriff es, Sekunden bevor die Wurzeln in seinen Händen nachgaben.

Sie schaffte es, sie schafften es, er schaffte es, sich mühsam Finger für Finger, mit voller Konzentration auf jede Finger- und Fußbewegung, die Felswand hinaufzukämpfen. Die Extremheit der Situation und die Konzentration auf das Jetzt, die Beachtung kleinster Einzelheiten hatten Vorrang vor allem anderen. Dann war es vollbracht, und alles nur dank Femme und ihrer tausenden Einkaufstüten. Held hievte sich in Sicherheit und blieb flach auf dem Rücken liegen, während Femme an seiner Brust schluchzte. »Danke, Femme«, brachte er heraus, obwohl er gleichzeitig spürte, dass da noch etwas *anderes* war, eine Gefahr, etwas Wesentliches, das er seit Kurzem immer auf dem Schirm hatte. Doch Held war so k. o. und außerdem entsetzt darüber, dass seine Superkräfte ihn im Stich gelassen hatten, dass ihm der zeitweilige Zauber, unter dem Femme ihn umbringen sollte, gänzlich entfallen war. Und so nahm es seinen Lauf. Als er sie sanft zur Seite schob und kurz durchatmete, um sich dann aufzurichten, erlitt Femme – die, weiterhin schluchzend, aber froh, gerade noch rechtzeitig gekommen zu sein, ebenfalls aufstand – einen Anfall des Zaubers. Mit einem Mal hörte sie auf zu schluchzen und ihre Dankbarkeit zu bekunden und schubste Held mit einem Stoß erneut über die Klippe.

Diesmal gab es keine Wurzeln mehr, und Held bekam das Seil gerade noch so zu fassen. Doch der Baum, an den das Seil gebunden war, war tot und verrottet bis ins Mark. Die Anwohner rechneten jeden Tag damit, dass er über die Klippe fiel; eigentlich rechnete man sogar jeden Tag damit, dass die ganze Klippe in sich zusammenfiel. Sehr zu Helds Leidwesen wählten beide Phänomene ausgerechnet diesen Tag, um sich zu ereignen. Zuerst der Baum. Während Held krampfhaft am Seil hinaufzuklettern versuchte, fing der Stamm des Baumes an zu knarren und zu bersten und nachzugeben. Held versuchte, schneller zu klettern, doch sein Vorankommen wurde von Femme behindert, die das Seil nun wild entschlossen mit einer Säge bearbeitete. Das Seil gab ebenso nach wie der Baum. Und ein Teil der Klippe ebenfalls. Doch in diesem Augenblick, in genau diesem Augenblick, tauchten Großtantes Schergen auf.

Es war bereits das zweite Mal an diesem Tag, dass sie auf der Klippe aufkreuzten. Das erste Mal hatte sich eine halbe Stunde zuvor ereignet, als sie sich hinter Felsen versteckt und Held ausspioniert hatten, der wie verabredet hergekommen war, um sich mit Femme zu treffen. Er war auf und ab gelaufen und hatte sich auf die Verfolgung regionaler, nationaler und internationaler Schurken konzentrieren wollen, was ihm schwerfiel, weil ihm immer wieder Gedanken – hauptsächlich unwillkommene – an sie, an Femme, dazwischenkamen. Auch der Gedanke an sich selbst und daran, wie er *persönliche* Rache an ihrer Großtante üben würde, anstatt nobel und unparteiisch *allen* Übeltätern zum Wohle der *gesamten* Menschheit Gerechtigkeit widerfahren zu lassen, kam ihm immer wieder dazwischen. Er hege keinen Groll, sagte er sich. Er stehe über jedem Groll, sei jedem Groll überlegen. »Der Gegner, der keinen Groll hegt«, sagte er oft in seinen Interviews, falls beeinflussbare junge Menschen lauschten, »gewinnt am Ende immer die Schlacht.« Nun war es allerdings so, dass er sehr wohl einen Groll hegte, seit er herausgefunden hatte, dass ebenjene psychotische, psychopathische, psychosoziale Großtante – und nicht, wie einst vermutet, die Eastside-Gang – die wahre Schlächterin seiner Verwandten war. Der Groll wurde auch nicht kleiner, wenn er daran dachte, wie stolz diese toten Superhelden auf ihn wären, wenn er als einziger Überlebender ihr gutes Werk unvoreingenommen und ohne Wie-du-mir-so-ich-dir fortführte. Aber tat er das? Würde er es tun? Der Groll wurde schlimmer.

Doch das war nicht das Einzige, was schlimmer wurde. Gegenwärtig existierte Held auf drei Ebenen. Die oberste Ebene – die Fachkräfte für geistige Gesundheit auf der ganzen Welt bei den meisten Menschen bereits für wahnhaft hielten – war bei Held »Der Gute, der Bösewichte zum Wohle der Welt niederringt«. Das war er, sagte er sich. Er war dieser Mensch. Darunter lag die »Ich werde es dir heimzahlen, du dreckiges Schwein«-Ebene. Darauf war Held nicht stolz, aber Großtante hatte seine Familie ausgelöscht, warum also sollte er nicht auch ihre auslöschen? Die dritte Ebene war die tiefste und diejenige, die derzeit in Helds Nerven- und Verdauungssystem wütete. Die Angst, dass er trotz allen Pflichtgefühls, aller Korrektheit, seiner langen Vorgeschichte, seiner hochgesinnten edlen Absichten – selbst unter der Sache mit dem Groll – in Wahrheit nichts anderes war als ein riesengroßer verklemmter Schurke?

Diese Ebene hatte er früher nicht gehabt, zumindest war sie Held nicht bewusst gewesen. Sie war entstanden, weil er kürzlich entdeckt hatte, dass sein Superhelden-Großvater und diese Superschurken-Großtante vor langer Zeit einmal ein Liebespaar gewesen waren. Was, so seine Überlegung, wenn sie die wahren Eltern seines Superhelden-Vaters wären? Schließlich hatte es nie eine Großmutter gegeben, Großmutter war tabu gewesen, ein heikles Thema, über das geschwiegen wurde. Was, dachte Held, wenn sie niemand anderes wäre als Großtante selbst? Bestimmt hatte Großtante seinen Großvater anfangs – aus hinterhältigen Weltbeherrschungsmotiven – dazu verleiten wollen, sich in sie zu verlieben, sich dann jedoch zu ihrem Entsetzen selbst in ihn verliebt. Noch dazu wurde sie schwanger, und da Helds Großvater das Kind wollte und Großtante Helds Großvater wollte und obwohl allgemein bekannt war, dass Großtante weder mit Kindern noch mit Tieren oder auch nur mit Pflanzen gut konnte, beschloss sie, Mutterschaft einmal auszuprobieren. Sie hielt es nicht durch. Sie hielt es nicht aus, keine Superschurkin mehr zu sein. Aus Rücksicht auf ihren Heldenliebhaber hatte sie ihrer Schurkerei abgeschworen, doch jetzt schwor sie dem Abschwören ab und wurde wieder zur Schurkin. Die Situation verschlechterte sich immer weiter, bis Helds Großvater Vernunft annahm, Großtante zurückwies, sie verließ und den kleinen Sohn mitnahm. Diese Maßnahme machte ihn in den Augen des gemeinen Volkes zu einem Götterbild aus reinem Gold – dieser Mann zeichnete sich nicht nur durch sein unübertreffliches Verhalten aus und dadurch, dass er für die guten alten Werte der Schwarz-Weiß-Moral eintrat, sondern er hatte noch dazu dieses Baby eigenhändig im Alleingang großgezogen. Er flößte dem Kind – Helds Vater – alle wichtigen Grundsätze des Superheldendaseins ein, und Helds Vater hielt sich daran, was natürlich dazu führte, dass auch Held sich Jahre später an diese Grundsätze hielt.

Das Rätsel der für tabu erklärten Großmutter war also kein wirkliches Rätsel, auch wenn Helds Vater keine Zeit geblieben war, seinen kleinen Sohn aufzuklären. Bevor er irgendeine Gewissheit über das *Wer ist wer, und wer leugnet, wer zu sein, und wer gibt nur vor, wer zu sein* weitergeben konnte, war Vater damals zusammen mit Großvater und allen anderen bei Großtantes Rachemassaker umgekommen. Eine solche Schicksalswendung und solch inzestuöses griechisches Drama war in der düsteren Schattenwelt, in der Held lebte, durchaus zu erwarten. Er hatte natürlich keinerlei Beweise, sondern nur den Verdacht, dass die als Großtante bekannte Schurkin seine Großmutter war, und da die *Dramatis Personae* bis auf die eine, die sie alle umgebracht hatte, tot waren, verspürte er zunehmend den Drang, die Sache direkt mit der Quelle auszumachen. Großtante hatte nicht mehr lange zu leben, aber sie wohnte in dieser verdammten Festung und war nicht mehr herausgekommen, seit sie sich vor zwanzig Jahren, nachdem alle umgebracht waren, dorthin zurückgezogen hatte. Das Einsiedlerinnendasein konnte jedoch ihre Superschurkerei nicht stoppen. Obwohl ihre Jahre, vielleicht Monate, Wochen oder sogar Tage gezählt waren, hatte sich bis zu Held herumgesprochen, dass sie ein letztes Mal alles an sich reißen wollte – zweifellos in dem Bestreben, es ins nächste Leben mitzunehmen. Ungeachtet der möglichen Enkelverbindung, des möglichen persönlichen Grolls und des möglichen ererbten, wenn auch verdrängten Wunsches, selbst die Weltherrschaft an sich zu reißen, wollte Held Großtantes Plan vereiteln. Am besten blieb er wohl einfach Superheld und sie Superschurkin, ohne jegliche Vergeltung, Unberechenbarkeit oder Blutsverwandtschaft zwischen ihnen, und besiegte weiter die Bösen und rettete die Welt.

Das war also die Situation, die verworrene Schlittersituation, und um sie in den Griff zu bekommen, hatte Held einen Plan ausgearbeitet. Dieser Plan besagte beziehungsweise sagte voraus, dass sich, wenn er Großtantes Großnichte umwürbe, diese Großnichte innerhalb kürzester Zeit in ihn verlieben würde, denn so lief das nun mal. Er war ein Held, und die Frauen verliebten sich in ihn. Sobald er die Nichte für sich gewonnen hätte, erhielte er indirekt auch Zugang zum Wolkenkratzer und zu der ungeheuerlichen Großtante. Zuvor hatte er mögliche Schwachstellen von Großtante recherchiert, aber abgesehen von ihrer Lieblingsnichte keine finden können. Daher würde er die Nichte umwerben, sie würde sich in ihn verlieben, und nachdem er Großtante unter Zuhilfenahme ihrer jüngeren Verwandten vernichtet hätte, würde er sich auf die eine oder andere Art dieser Nichtenperson entledigen, die zweifelsohne ebenfalls Schurkin war. Und das tat er also. Er umwarb Femme, und wenn sie nicht gerade versuchte, ihn umzubringen, war sie tatsächlich in ihn verliebt. Das entsprach halbwegs dem Plan. Nicht dem Plan entsprach allerdings, dass auch er sich in sie verliebte. Damit hatte er nicht gerechnet. Das verstand er nicht. Wie konnte er sich verlieben, wenn er sich erstens nie verliebte, zweitens nie Privates mit Beruflichem vermischte, drittens überhaupt fast nie Privates zuließ, viertens über moralisch einwandfreie Superheldengene verfügte, währenddessen sie Fatale-, Sündenbock- und Ultraschurken-Gene hatte, fünftens zeitweise versuchte, ihn umzubringen, sechstens seine Cousine zweiten Grades war, falls sich herausstellen sollte, dass Großtante seine Großmutter war, und er siebtens auf Beine stand und sie keine tollen Beine hatte?

Held lief also auf der Klippe auf und ab und sehnte sich zurück in die gute alte Zeit, in der alles schwarz oder weiß gewesen war und man sogar das Grau - wenn es denn doch einmal vorkam - ganz einfach in die schwarzen oder weißen Bereiche hatte quetschen können. Abgelenkt durch sein Lamentieren bemerkte er nicht, dass seine Superkräfte, nämlich Hyperwachsamkeit, unbeirrbare geradlinige Konzentration, rigide Selbstdisziplin, und seine Supersondersuperkraft, die logische Defensive, rasant abnahmen. Femme hatte sich einmal darüber lustig gemacht, dass solche Superkräfte gar keine wirklichen Superkräfte seien, sondern Extreme, Untergrabungen von Kräften, Charakterstörungen, und dass sie außerdem nichts darüber aussagten, ob man Held oder Bösewicht werde, sondern ausschließlich über Mangel und darüber, dass die betreffende Person nie inneren Frieden verspüren werde. »Dieses fehlende Gleichgewicht, Held, und dabei so tun, als gäbe es ein perfektes Gleichgewicht - das ist doch auch alles wieder nur Nacht und Nebel.« Dann warnte sie ihn, dass diese Einseitigkeit ihn früher oder später einholen werde. Sie werde ihn schwächen, sagte sie, und er selbst sei dann schuld an dieser Schwächung. »Ich weiß, du glaubst, dass ich schuld daran sein werde, aber das stimmt nicht. Du bist es, Held, der sich das alles aufgebaut hat, also wirst du vielleicht auch eines Tages derjenige sein, der das alles wieder einreißt.« Held wies alles zurück und warf ihr stattdessen vor, ihn um seine einzigartige Selbsterhaltungsgabe zu beneiden. Wie sollte sie bei ihren emotionalen

Abschweifungen, ihren fehlenden Gewissheiten, ihrer tiefen Ratlosigkeit beim Filtern der Realität nach einer, die sich besser anfühlte als die echte da draußen, jemals ein Frühwarnsystem entwickeln? Jeder dahergelaufene Halunke konnte sie ausnutzen, und in der Tat hatte er sie schon oft vor ausnutzenden Halunken gewarnt, doch sie traute weiterhin jedem, plauderte mit jedem, war mit jedem gut Freund und weigerte sich, seine Worte ernst zu nehmen. Und nun lief er hier auf und ab, führte in der einen Sekunde einen aufgebrachten imaginären Streit mit Femme, weil sie sein geliebtes zu allen Seiten abgeschirmtes Leben infrage stellte, und erfreute sich in der nächsten an seinem zu allen Seiten abgeschirmten Leben, während ihm zugleich eine andere Bedrohung Sorge bereitete, nämlich die mächtige Großtante auf dem Höhepunkt ihres Könnens. Darum war er weniger wachsam, obwohl er normalerweise super-hyper-wachsam war. Darum konnten Großtantes Männer fürs Grobe, die ihn hinter Gebüsch und Felsen versteckt ausspähten, ihre Chance ergreifen. Wie ein einziger Mann rannten sie vorwärts und stießen ihn easy-peasy über die Klippe.

»Donnerwetter, das war ja einfach«, sagten die Männer. »Hab gedacht, der wär 'ne Supermacht! Was für eine Superkraft ist keine Superkraft? Komischer Typ. Aber wen interessiert's? Meint ihr nicht auch, dass den Kerl auszulöschen das Einfachste war, was wir je auf der ganzen Welt gemacht haben?« Sie waren sich einig, und man sah glückliche, gutgelaunte Männer, die nur so strotzten vor Zufriedenheit und höchstgradiger Selbstgefälligkeit, was natürlich nicht der Fall gewesen wäre, wenn sie zuvor Großtantes neueste Durchsage zur Kenntnis genommen hätten, die ihnen befahl, Held nicht umzubringen, sondern auf ihn aufzupassen. Sie waren immer noch auf dem »Bringt ihn ruhig um, wenn ihr wollt, es macht mir nichts aus«-Stand. Am Morgen waren sie Held und seiner Geliebten gefolgt und hatten die beiden auf den Stufen des Gerichtsgebäudes belauscht, als sie sich zum Mittagessen verabredeten. Daher die Klippe. Die Männer waren unverzüglich dorthin geeilt, um ihnen dazwischenzugrätschen. Die Chefin wird zufrieden sein, sagten sie. Sie wird uns lieben. Sie wird sich an uns ergötzen. Wir werden ihre Lieblinge sein. Sie klopften sich den letzten Rest von Held von den Händen und gingen zurück zu ihrem Wagen. Als alle saßen, schalteten sie den Empfänger ein, um sich über Großtantes neueste Ansagen und Mitteilungen auf dem Laufenden zu halten. Da erfuhren sie, dass sie Held nicht hätten schubsen sollen. Sofort machte sich Panik im Wagen breit.

»O verflixt!«

»O Mist!«

»O Matroschkas!«

»O Postkarten!«

»O Unterhosen!«

»O bedauerliche Zurschaustellung von Instinkten!«

»O Misserfolg!«

»Oje!«

»Sie wird uns umbringen!«, schrie einer. »Sie wird uns ermorden!«, jammerte ein anderer. »Viel schlimmer – sie wird fuchsteufelswild sein«, schluchzte ein Dritter. Beim Gedanken an Großtantes Zorn fingen sie an, sich gegenseitig zu beschuldigen. »Du bist schuld!«, rief einer. »Bei dir kommt immer die Tat zuerst und dann die Nachrichten, obwohl jeder weiß, dass es erst Nachrichten und danach Tat sein muss.« – »Halt die Klappe, du.« – »Nein, halt du die Klappe, du.« – »Nein, halt du die Klappe, du.« – »Haltet alle die Klappe!«, brüllte der oberste Scherge. »Wir müssen uns einen Plan ausdenken.«

»Ich hab's«, sagte er dann. »Wir können es der Eastside-Gang in die Schuhe schieben« – das war super. Die Eastside-Gang war so berüchtigt, dass jeder wusste, dass sie als die größten Schurken aller Zeiten in die Geschichte eingehen würden, obwohl ebenso jeder wusste, dass sie nur vier Prozent all dessen getan hatten, wofür sie verantwortlich gemacht wurden. »Oder«, fuhr der oberste Scherge fort, »wir gehen ganz schnell zurück zur Klippe und schauen, ob noch was zu retten ist – sammeln Teile, flicken was zusammen, aus Alt mach Neu. Solange er noch läuft und redet ...« Die anderen waren sofort einverstanden. Sie rannten zurück auf die Klippe und entdeckten dort Femme, die vor Anstrengung und mit einem Brecheisen in der Hand keuchte. Sie wollte den Mann, den sie liebte – der genau der war, den sie suchten –, von einem Felsen herunterhebeln, der bei dem kürzlichen Halbeinsturz und der anschließenden Neuordnung der Klippe entstanden war. Das durchgesägte Seil und der tote Baum sowie der abgebrochene Teil der alten Klippe waren bereits in die Tiefe gestürzt und verschwunden. An dem frisch aufragenden Teil der noch stehenden Klippe klammerte sich Held fest. Und zwar mit aller Kraft, denn der war glatt, und Femme war, so eifrig sie oben auch mit ihrem Werkzeug herumhantierte, keine Hilfe. Hocherfreut darüber, dass Held noch unter ihnen und in einem Stück war, sodass sie keine Einzelteile würden einsammeln müssen, stürmten die Schergen wie ein einziger Mann vorwärts und überwältigten die Frau. Innerhalb weniger Sekunden streckten sie ihm die Hand hin, um ihn zu retten, und ließen gleichzeitig Femme kopfüber von der Klippe baumeln.

»Lasst sie nicht fallen!«, rief Held, obwohl er Sekunden zuvor noch gedacht hatte: Okay, das war's. Ich hab die Nase voll. Sie versucht jetzt zum dreiundvierzigsten Mal, seit sie mit diesem Zauber belegt worden ist, mich umzubringen. Wenn ich heute sterbe, dann nehme ich sie mit – »Lasst sie nicht fallen!«, unterbrach er diesen ungalanten Gedanken mit einem Schrei. »Red doch keinen Quatsch«, rief ein Scherge. »Die versucht, dich umzubringen. Natürlich lassen wir sie fallen. Jetzt hör auf zu trödeln und gib uns deine Hand.« In diesem Augenblick erwachte Femme aus dem Zauber und bekam das Ende von Helds Erklärung mit. Ihr Herz machte einen Satz, als sie die Panik, das Gefühl und die Sorge um sie in seiner Stimme hörte. Dann bemerkte sie noch etwas, nämlich, dass sie im Kleid kopfüber hing. Von Entsetzen gepackt schrie sie auf und versuchte, das Kleidungsstück herunter- oder in diesem Fall heraufzuziehen. Held, der sich derweil noch immer an den Felsen klammerte und noch immer die Männer anbrüllte, sie nicht fallen zu lassen, bestand nun außerdem darauf, dass sie sie richtig herum hielten. Die Männer zögerten. Sicher, Großtante hatte sie angewiesen, diesen Mann zu beschützen, und sie taten ja auch wirklich ihr Bestes. Aber es war nie die Rede davon gewesen, dass sie Befehle von ihm annehmen sollten. Sie wussten natürlich, dass Helds Geliebte, die Frau, die ihn umbringen wollte, Großtantes Nichte war, und dachten sich: Wenn's Spaß macht, und: Wo die Liebe hinfällt. Sie mochten Mörder sein, aber prüdes Vorurteilsdenken konnte man ihnen ganz sicher nicht unterstellen. Jeder, wie er mochte. Das war ihr Motto. Leben und leben lassen. Das war auch ein Motto, allerdings, und das sollte gesagt werden, keins von ihren. Nun war es so, dass diese inzwischen hysterisch mit ihrem Kleid kämpfende Frau zwar die Nichte der Chefin war, aber das allein hätte sie noch nicht davon abgehalten, sie fallen zu lassen. Zur Durchsetzung ihrer eigenen Interessen töteten viele Schurken selbst Familienmitglieder, ohne mit der Wimper zu zucken. Und tatsächlich wurden viele Spitzenschurken zu Megasuperspitzenschurken, weil ihr Hang zur Auslöschung anderer vor so gut wie niemandem haltmachte. Gerade Großtante war ausgesprochen massenmörderisch unterwegs und dabei am wenigsten zimperlich. Und was sie gar nicht leiden konnte, war Ungehorsam. Deswegen drängten, bearbeiteten, beschwatzten die Männer Held auch weiterhin mit ausgestreckten Armen, damit er sich von ihnen retten ließe. Wenn er fiel, so viel war ihnen klar, würde Großtante derart aus der Haut fahren, dass sie gleich hinterherspringen konnten, und das ahnte Held offenbar. Er weigerte sich also, sich retten zu lassen, denn er wusste, dass sie Femme fallen lassen würden, sobald sie ihn in den Fingern hätten. »Okay«, rief der oberste Scherge schließlich. »Jetzt beruhigen wir uns alle mal und denken uns einen gemeinsamen Plan aus.«

»Ich hab's«, sagte er. »Wir lassen sie nicht fallen, wenn du dich bereiterklärst, einer gewissen dritten Partei nicht zu verraten, wer dich als Erstes über die Klippe geschubst hat.« Femme, die noch immer schrie und an ihrem Kleid herumfuhrwerkte, hielt inne, um über das eben Gehörte nachzudenken: »Ihr wart das also!«, rief sie. »Ihr … ihr … ihr Schurken!« - »Ruhe, Femme!«, rief Held. »Einverstanden«, sagte er zu den Männern und besiegelte damit den Deal. Da er ihnen jedoch nicht zutraute, den Begriff »Gentleman's Agreement« vollständig zu durchdringen, bestand er darauf, dass sie Femme zuerst einholen. Das taten sie, und Femme brach auf der Erde zusammen, wo sie augenblicklich vergessen wurde. Wie ein einziger Mann widmeten sie sich nun dem Einholen von Held. Als auch dieser wohlbehütet auf der Klippe stand, klopften sie ihm den Staub ab und veranstalteten viel Aufhebens und ließen sich Zeit und hörten erst auf mit ihrer Fürsorge, als sie sich vergewissert hatten, dass er sich an seinen Teil der Abmachung halten würde. Nachdem dies bestätigt war, klopften sie ihm auf den Rücken, schüttelten ihm die Hand und sagten schließlich, als wären sie dicke Freunde: »Dir geht's bestens, oder, Kumpel? Keine Knochen gebrochen, oder, Kumpel? War ein Missverständnis, oder, Kumpel? Gott sei Dank waren wir gerade zufällig in der Gegend, Kumpel.«

Dann waren sie weg und Held und Femme wieder allein auf der Klippe. Inzwischen lagen sie beide am Boden, Held wie zuvor unter der schluchzenden Femme. Diesmal erinnerte sich Held an den Zauber, doch diesmal schien er ihm seltsamerweise ziemlich egal zu sein. Die ordnungsgemäße Vorgehensweise hätte verlangt, sie beide einmal herumzurollen und dann noch einmal und insgesamt dreimal, bis sowohl er als auch sie genügend Abstand von den Heimwerkereiüberbleibseln sowie vom Rand der alten und neuen Klippe hatten. Doch er konnte sich nicht rühren, denn er war verwirrt – weil er eine Frau liebte, die ihn wiederliebte, aber versuchte, ihn umzubringen, ohne zu wissen, dass sie versuchte, ihn umzubringen, und mit der er sich ohnehin nur eingelassen hatte, um an ihre Großtante heranzukommen und diese umzubringen. Das war schlimmer, als gegen klar umrissene böse Mächte zu kämpfen, schlimmer als der Versuch, Crème-de-la-Crème-Widersachern ein Schnippchen zu schlagen. Es war eine Herausforderung, die ihn an seine äußersten Außengrenzen brachte, von deren Existenz er bis zur Begegnung mit Femme keine Ahnung gehabt hatte. Und inzwischen war der Punkt erreicht, dass er es würde geschehen lassen müssen, falls sie einen weiteren Anschlag auf sein Leben verübte. Er war erschöpft. Doch nichts lag Femme in diesem Moment ferner.

»Liebster!« Sie küsste ihn wieder und wieder, gab ihm kleine Küsse, winzige Küsse, ein Übermaß an Küssen eigentlich. Das wusste sie selbst, aber sie konnte nicht aufhören. »Was für schrecklich unmanierliche Grobiane! Aber warum habe ich ihnen zum Abschied zugewinkt?« Sie küsste Held nicht nur, sondern sie berührte ihn auch immer wieder, um sich zu vergewissern, dass er wirklich noch am Leben war. »Du hättest sterben können!«, heulte sie, und an dieser Beobachtung war tatsächlich etwas dran. Gleichzeitig jedoch fiel Held auf, dass sie nicht die Beobachtung äußerte, dass auch sie selbst fast gestorben wäre. Es schien ihm sogar, als hätte der beinahe tödliche Sturz von der Klippe, gemessen an ihrer Verzweiflung über die sichtbare Unterwäsche, keinerlei Eindruck hinterlassen, und genau das meinte er mit dem Verlieben. Wie hatte ihm das passieren können – sich in jemanden zu verlieben, der seine Prioritäten nicht zu ordnen wusste? Und dann war da natürlich noch der Zauber, unter dem sie stand. Ihm war klar, dass sie dafür nichts konnte, dass er ihr von außen auferlegt worden war, doch er hatte den Eindruck, als wehre sich auch nichts in ihr besonders dagegen. Ihr Unterbewusstsein hatte den Zauber einfach hingenommen, vielleicht sogar bereitwillig entgegengenommen, und lag das möglicherweise daran, dass sie sich in Wirklichkeit die ganze Zeit danach sehnte, ihn umzubringen, vielleicht aufgrund ihres ruchlosen Familienerbes? Da kam Held der Gedanke, dass heute, genau am heutigen Tag, vielleicht der richtige Zeitpunkt wäre, um Femme zu offenbaren, welche Rolle sie selbst in alldem spielte. Er würde sie über den Zauber und Großtantes schurkische Vergangenheit in Kenntnis setzen, wobei er natürlich jeden Hinweis auf seine eigenen Beweggründe auslassen würde. Vielleicht würde sie es in den falschen Hals bekommen, weil Frauen vieles in den falschen Hals bekamen, weil Frauen komisch sein konnten. Und mit komisch meinte Held wütend. Held hatte panische Angst vor wütenden Frauen. Wütende Frauen waren gleichzusetzen mit dem Ende der Welt. Also zog Held Femme, die weiter auf ihm lag, ihn küsste und ihre Dankbarkeit bekundete, fest an sich, drückte ihre Arme, schaute ihr in die Augen und sagte Worte, die er nie im Leben zu sagen geglaubt hätte.

»Femme«, sagte er. »Wir müssen reden.«

Femme küsste ihren Helden nicht nur so überschwänglich, weil er noch am Leben und unversehrt war und direkt hier neben ihr lag. Sondern weil sie gehört hatte, wie er den Strolchen auf der Klippe »Ich liebe sie! Lasst sie nicht fallen!« zugerufen hatte. Das war zwar nicht ganz das, was Held gerufen hatte, denn Femme hatte das »Ich liebe sie!« selbst hinzugefügt, aber es war auch nicht der einzige Grund für ihre gesteigerte Zuwendung. Sie liebte ihn ganz besonders, weil er das Unterwäsche-Entsetzen verstanden hatte.

Er hatte die Hierarchie verstanden, die Priorität, die es hatte, die schiere nackte Entblößung, die es bedeutete. Sichtbare Unterwäsche in der Öffentlichkeit war für Femme genauso schlimm, wie über Männer, Sex und ihr Liebesleben ausgefragt zu werden. Wie feinfühlig also von Held, dachte sie. Und nun sollte es nach der »Ich liebe sie! Lasst sie nicht fallen!«-Enthüllung weitere Offenbarungen geben. Gerade eben war sie noch überglücklich gewesen, stellte sie fest, und jetzt in Tränen aufgelöst. Aber kein Wunder an einem so außergewöhnlich verlaufenden Tag. Sie stützte sich auf Helds Brust, um alle weiteren Erklärungen möglichst vollständig zu erfassen. Sie schaute ihn an. Er schaute sie an. Dann folgten die postklippischen Offenbarungen. Held sagte einleitend, er glaube nicht, dass sie ihr gefallen würden. Und er hatte recht. Sie gefielen ihr nicht – kein bisschen.

Eben war sie noch überzeugt gewesen, dass Held ein wunderbarer Mann sei, der nichts falsch machen könne – tja, das änderte sich leicht. Zuerst klärte er sie über den Zauber auf, ohne jedoch auf den unterschwelligen Einfluss passiver wütender Frauen, tieferer Ursachen, latenter Feindseligkeit, angeborener Hysterie, generationenübergreifender Folgen eines anhaltenden Geschlechterkonflikts, verdrängter Begierden, unterdrückter Sexualität, des guten alten Penisneids, wahrscheinlich auch von ein paar Problemen mit ihren Vätern und diesem ganzen außerirdischen Zeug einzugehen. Nein. Er gab es nur sinngemäß wieder, obendrein ohne die Empfehlung, sich einen Therapeuten zu suchen, um das Ganze aufzuarbeiten. Anderen zu empfehlen, sich einen Therapeuten zu suchen, war eher Femmes Art. Er fasste sich also kurz, und als er fertig war, sah er ihr wie erwartet an, dass sie ihm kein Wort davon abnahm. »Kaum überraschend, worum es da eigentlich geht, Held«, sagte sie. »Wütende Mütter. Ihr Männer immer mit euren wütenden Müttern. Ihr könnt heute keine wütende Frau mehr ertragen, weil ihr sie für eure desublimierte Mama haltet, die euch die Männlichkeit abschneiden und eure Teddys kochen will, obwohl es in Wirklichkeit vielleicht ganz anders ist. Vielleicht ist sie nur eine wütende Frau – vielleicht sogar eine, die gar nicht auf euch wütend ist.« Natürlich war Femme in diesem Moment wütend auf Held. Aber sie würde auf gar keinen Fall Bonuspunkte verteilen. Da hatte sie gelegen – glücklich, froh, dankbar, in Erwartung emotionaler Bereicherung –, und nun kam er und brach ihr schon wieder das Herz. Also klärte Femme ihn über den Zauber auf und empfahl ihm, sich einen Therapeuten zu suchen, um das Ganze aufzuarbeiten, und sagte im Vollvertrauen auf ihre eigene Weisheit, sie werde versuchen, es ihm nicht übelzunehmen, denn es sei alles genau so, wie sie es vorhergesehen habe. Held stelle Anforderungen, mache Vorschriften, sei einzelgängerisch, süchtig nach Arbeit und im Entstehen begriffenen Absonderlichkeiten – außerdem fürchte er seine Begierden, was natürlich nur bedeuten könne, dass er auch die Begierden aller anderen fürchte. »Du magst zwar der Gefahr ausgesetzt sein, von einem fremden Schurken von außen umgebracht zu werden, Held«, schloss sie, »aber die weitaus größere Gefahr ist der Schurke in deinem Innern.« Held, der darauf mit der Frage hätte reagieren können, was sie denn – wo sie doch ach so gesund sei – noch in der Gesellschaft eines Mannes suche, den sie offensichtlich als unzumutbar erachte, fragte nicht. Stattdessen sagte er: »Ich dachte mir schon, dass du das sagst, Femme, dann lass uns jetzt mal Großtante besuchen.« – »Großtante!«, rief Femme und kam sich innerhalb von Sekundenbruchteilen wieder auf den Kopf gestellt vor. Die Aufklärung über den Zauber, ja, und über den Wahn, unter dem ihr armer Held litt, das war doch Offenbarung genug gewesen, was hatte Großtante jetzt wieder damit zu tun? Sie musste sich verhört haben. »Held«, sagte sie, »hast du gerade ›Großtante‹ gesagt?«

Verrückt. Er war völlig verrückt.

»Das ist nicht lustig«, sagte sie, nachdem Held Großtantes Identität offengelegt hatte. »Das geht zu weit, Held. Hörst du dir eigentlich selber zu? Du sprichst hier von einer lieben kleinen, süßen kleinen, zerbrechlichen alten Dame, die keiner Fliege etwas zuleide tut, die nicht mehr lange zu leben hat und die ihre gesamte Zeit damit verbringt, bei traurigen Filmen zu weinen oder unten im Keller an alter Standardtanzausrüstung herumzutüfteln ...« – »Das ist keine Standardtanzausrüstung, Femme«, fiel Held ihr ins Wort und fügte hinzu: »Das Einzige, was deine Tante nicht zu verantworten hat, ist der Zauber, der schuld daran ist, dass du mich umbringen willst.« Femme jedoch hatte die Nase voll. Sie schüttelte den Kopf. »Wie kannst du nur, Held – und das trotz des Pullovers, den Tantchen dir zu Weihnachten gestrickt hat.« Held konnte sich an keinen Pullover erinnern, doch er war fest entschlossen, an seiner Aufdeckung von Großtante als skrupellosem, unmoralischem, weltbeherrschendem Superhirn festzuhalten und Femme darüber ins Bild zu setzen. Er blieb jedoch auch bei seinem früheren Entschluss, sie nicht über seine eigenen Beweggründe für das Werben um sie ins Bild zu setzen, ebenso wenig wie darüber, dass Großtante möglicherweise seine Großmutter war, und über den mörderischen Groll, den er gegen Großtante hegte, weil sie seine Familie umgebracht hatte, denn, ja, Frauen konnten komisch sein. Mit manchen Offenlegungen hielt er sich vorerst lieber zurück.

Während Femme weiterhin darauf beharrte, dass er an allem leide, dass er überall Gefahr wittere und sofort Hilfe brauche, beharrte Held weiterhin darauf, dass sie die Klippe hinter sich lassen und augenblicklich zum Wolkenkratzer fahren sollten. Er wusste nicht genau, was er dort wollte, außer Großtante umzubringen, falls sie ihm ans Leder ging. Es wäre Notwehr, das würde Femme hier ihm kaum verübeln können, wobei natürlich klar war, dass sie es ihm sehr wohl verübeln würde. Jedenfalls verlangte diese Angelegenheit seine Aufmerksamkeit, und so rappelten sie sich auf und sammelten schweigend Femmes übriggebliebene Einkäufe ein. Zufälligerweise waren das nur noch ihre Kurzwaren und alle hübschen und schönen Sachen.

Die meisten Mordwerkzeuge waren über die Klippe gefallen, abgesehen von ein paar verirrten Hämmern, einem Vorschlaghammer, einem Bohrer und einem einsamen Tomahawk. Femme hatte keine Ahnung, dass alle diese Gegenstände ihr gehörten. Sie nahm an, dass es sich bei diesem Geröll um das natürliche Zubehör von Klippen handelte, und stand ihm recht gleichgültig gegenüber. Ihre einzige Sorge, abgesehen davon, dass Held verrückt war, bestand darin, dass ihr Hut verlorengegangen war, als sie kopfüber gehangen hatte, und dass ihr neues Kleid zerrissen war. Sie dachte kurz darüber nach, es auszuziehen und ein anderes nagelneues Kleid anzuziehen, doch da Held und sie momentan noch zu sehr dos à dos für solche Intimitäten waren, behielt sie das zerrissene Kleid an und nahm stattdessen einen neuen Hut aus einer großen zitronengelben Achteckschachtel. Als schließlich alle Einkäufe verstaut waren und Held sich darüber ausgelassen hatte, dass sein Wageninnenraum für den praktischen Gebrauch und ernsthafte Angelegenheiten gedacht sei und nicht für Einkäufe, schon gar nicht für lächerlich übertriebene Verpackungen von Einkäufen, stieg das Paar ein. Femme rückte ihre Hutnadel zurecht, und Held ließ den Motor an, und im gleichen Augenblick ertönte ein gewaltiges Krachen. Held schaute in den Rückspiegel und trat sofort aufs Gaspedal. Femme drehte sich um und blickte nach hinten. Dort bröckelte der Untergrund, der gesamte Grund, der die beiden – und die Schergen und die Bäume und die Felsen und die Büsche und die guten Einkäufe und die bösen Einkäufe und die ganzen leidenschaftlichen postklippischen Offenbarungen – gerade eben noch getragen hatte. Binnen Sekunden war die gesamte restliche Klippe in sich zusammengestürzt.

Aus Superschurkensicht war klar, dass mit dem Sturz und der Inhaftierung des letzten Thronräubers nun wieder die Möglichkeit bestand, die Weltherrschaft an sich zu reißen. Die Schurken von der Downtown Eastside wollten es tun. Großtante wollte es tun. Monique Frostique, die neueste Herzensdame von Femmes Vetter Freddie Ditchlingtonne'ly, wollte es auch tun. Und damit zu Einfaltspinsel Teil zwei.

Als Großneffe Freddie zum Besuch bei Großtante aufschlug, war dieser nicht vorher verabredet gewesen. Er hatte nicht um Einladung gebeten, sondern stattdessen, wie Femme, unerwartet vor der Tür gestanden. Anders als Femme hatte er nicht den Klingelknopf gedrückt, um sich anzukündigen, weil ein Verräter namens Boris der Superhoch-Hausmeister in Großtantes Haushalt sich bereiterklärt hatte, den Wolkenkratzer für eine ungenannte Summe – und ein Pferd – und eine Jacht –, die Freddie ihm versprochen, aber noch nicht ausgehändigt hatte, zu öffnen und ihn heimlich hereinzulassen. Jener Boris der Superhoch-Hausmeister, Großtantes Haus- und Hofmeister und eng vertrautes Halb-Mensch-halb-Irgendwas, beherrschte die englische Sprache perfekt, wenn er wollte, und sprach mit kristallklarer Stimme. Meistens jedoch wollte er nicht, also sprach er nicht, oder aus minimalistischer Perspektive betrachtet wenig, aber er verkaufte sie, verkaufte seine Chefin, und dafür musste er nicht einmal Großtantes Identität verraten, denn Freddie, ihr Neffe, wusste bereits, wer sie war. Monique Frostique hatte gesagt: »Ich liebe dich, Freddie, du weißt, dass ich dich liebe, und ich wünschte wirklich, wirklich, wirklich über alles, ich könnte dich heiraten, aber siehst du denn nicht, dass das nicht geht« – an dieser Stelle hatte sie sich die Augen trockengetupft und war mit vor Ergriffenheit brechender Stimme fortgefahren –, »es sei denn, natürlich, du bringst deine Großtante um.« Freddie war verwirrt, richtiggehend überrascht gewesen von dieser Aufforderung, denn er konnte sich nicht vorstellen, was die Tötung seiner Tante mit dem Heiraten zu tun haben sollte, aber da er vor lauter Liebe nicht geradeaus denken konnte und Monique so unglaublich schön war und er wusste, dass er in seinem ganzen Leben nie wieder eine wie sie finden würde, ließ er sich in der Hitze des Augenblicks überzeugen, dass es keinen anderen Ausweg als den Mord an seiner Tante gab. Genau wie Femme hatte er nicht gewusst, dass seine Großtante eine Meisterschurkin war, und selbstverständlich wusste er ebenso wenig, dass Monique Frostique das Nonplusultra unter den Femme-fatale-Schurkinnen war. Er wollte einfach nur dieses herrlich erfrischende, völlig unprätentiöse, bescheidene, schrecklich liebe Mädchen heiraten. Also nahm

Boris der Superhoch-Hausmeister seinen Schuldschein über die versprochenen Dinge entgegen und gewährte Freddie Zutritt, indem er den Schnapper an einer der Tapetentüren feststellte. Freddie wiederum traf in der Eingangshalle auf Femme, woraufhin sich jener vetterliche Austausch ereignete, bei dem Femme Freddie ermahnte, er solle ihrer Tante bloß kein Geld abschwatzen. Dann verließ sie das Gebäude durch den Haupteingang, und er stieg in den Lastenaufzug und drückte den Knopf, der ihn ins Penthouse bringen würde, in dem sich Großtante, wie Femme ihm eben verraten hatte, derzeit befand.

Die kleine alte Dame saß allein in Pantoffeln und Morgenrock im Besinnungsraum und heulte sich über *Der dritte Mann* die Augen aus. Ihr Großneffe schoss ihr in den Rücken, als sie sich gerade noch einmal die traurige Stelle am Anfang des Films ansah, an der die Frau in Wien trauert, weil sie glaubt, ihr Geliebter, der Bösewicht, sei tot. Er ist nicht wirklich tot, aber in diesem Augenblick kommt der Gute – der Taschenbuchautor – und bringt sie zum Lachen, doch dann erinnert sie sich wieder an ihren Kummer und hört auf zu lachen, und er sagt: *Das ist das erste Mal, dass Sie gelacht haben. Tun Sie's noch mal*, und sie sagt: *Für zweimal reicht es nicht.* »Ganz genau! Zeig's ihm! Und jetzt schmeiß ihn raus!«, rief Großtante, der die geringste Ablenkung von Verbrechern und Bösewichten zuwider war. Ehe sie jedoch weiterschimpfen konnte, kam Freddie herein und schoss sie kaltblütig nieder. Er erschoss sie. Erschoss sie, erschoss sie, erschoss sie. Zweimal Peng. Dann eine Pause. Dann noch ein Peng. Er hatte wohl seine Gründe, mutmaßte jeder, der Monique hieß und per Teleskop aus einem Hochhaus auf der anderen Straßenseite zuschaute. Nachdem er sie erschossen hatte, steckte er seine Pistole und zwei Bündel Geldscheine aus Großtantes Gehaltsbüro ein, was völlig daneben war, da momentan der Tantizid und nicht Diebstahl die Voraussetzung für die Heirat mit Monique war. Ohne Büro- oder Privatpapiere zu durchwühlen, denn er war nie ein großer Leser gewesen, schlüpfte Freddie aus dem Besinnungsraum und huschte über den Flur. Dort drückte er den Fahrstuhlknopf, um so schnell wie möglich aus dem Gebäude herauszukommen.

Man kennt das Ganze: dem Tod trotzen, wiederauferstehen, einen Comictod sterben und hinterher ins Leben zurückkehren, als würde es nicht reichen, einmal umgebracht zu werden. Als Held oder Schurke muss man mindestens neunmal umgebracht werden, wobei die Anzahl großzügiger ausfällt, wenn man Superheld oder Superschurke ist und jene Premiumvertreter ihrer Gattung immer wieder zum Leben erweckt werden müssen. Und wenn schon nicht das Leben, dann soll wenigstens der Tod sich in die Länge ziehen und Platz lassen für Drama, Einmischung und Ansprachen. So auch bei Großtante an diesem Tag. Hundertsechzig Mal war sie bisher gestorben, doch dieser Tod sollte ihr letzter sein. Sie hatte geahnt, dass es so weit war, hatte das Ende ihrer Lebensdauer und den Anfang der Todesewigkeit kommen sehen; und geradezu hellseherisch hatten das auch andere getan – daher das »nicht mehr lange zu leben«, mit dem alle sie anzukündigen begonnen hatten. Erschossen taumelte sie in durchaus angemessener Weise durch den Raum, stieß Gegenstände aus den Regalen und alles von den Tischen, fuchtelte mit den Armen, verteilte überall

Blut. Zwei Minuten lang ging das so, in denen Tante Alltagsgegenstände herzte, als würde ihr eben erst klar, welch unschätzbaren Wert sie hatten, sie im selben Moment fallen ließ und anschließend mit gleicher Begeisterung zum nächsten Klimbim stolperte. Ja wirklich, zwei geschlagene Minuten, was wieder einmal zeigt, dass der letzte Tod, nur weil er irgendwann einmal eintreten muss, nicht trotzdem langwierig und schleppend wie bei Shakespeare sein kann. Großtante war angezählt, und schließlich fiel sie. Doch auch das war noch nicht der Tod. Es folgte eine vorübergehende Gnadenfrist, eine zeitkritische Auszeit, die von kurzer Dauer sein sollte und in der Theorie dazu gedacht war, dass die sterbende Person ihr Haus noch einmal auf Vordermann bringen konnte. Doch das taten Sterbende zu diesem Zeitpunkt eher selten.

Mit siebenundfünfzig Kugeln im Körper – vierundfünfzig davon von früheren Toden – versuchte sie sich aufzurappeln, fiel jedoch immer wieder hin. Als ihr klarwurde, dass ihre Hilferufe vergeblich waren, sie aber noch immer nicht merkte, dass ihr Hauspersonal fehlte, weil Boris der Superhoch-Hausmeister ihnen den Tag freigegeben hatte, damit sie auf den Rummel gehen konnten, stellte Großtante alle Senkrechtstartversuche ein und kroch in der Horizontalen los, über die Teppiche, das Parkett, die Mosaikböden – der Raum war groß –, bis sie in den Flur kam und auf ihr getarntes Aufzugmobil zusteuerte. An der Fahrstuhltür war weitere Feinarbeit gefragt, als sie sich Zentimeter für Zentimeter, einen zittrigen Finger nach dem anderen,

Blutfleck um Blutfleck dem Rufknopf ihrer Privat-Apollo näherte. Als sie ihn erreicht hatte, drückte sie ihn, und der Aufzug war augenblicklich da. Es war der Weg zum Fahrstuhl gewesen und nicht der Fahrstuhl selbst, der ihre Gnadenzeit aufgefressen hatte – und die ganze Zeit über hatte Großtante sich die Daumen gedrückt. Mit ihren zweiundachtzig Jahren, den siebenundfünfzig Kugeln im Körper, sterbend und eine Blutspur hinter sich herziehend, die so etwas wie das poststrukturalistische Antiprinzip zur traditionellen abstrakten Gegenkomposition darstellte, fluchte sie leise vor sich hin und hielt sich durch reine Willenskraft vom Sterben ab. Jedenfalls so lange, bis sie im Erdgeschoss angekommen und Freddie, die Seuche, erschossen hätte; und ihre Gebete wurden offenbar von jemandem erhört, denn sie kam tatsächlich im Erdgeschoss an, während Freddies Fahrstuhlerlebnis noch weit oben im zweihundertneunundzwanzigsten Stock stattfand. Unten sprangen die Fahrstuhltüren auf, und Großtante robbte sich Zentimeter für Zentimeter in die Eingangshalle. Gleich vor ihrem Aufzug lehnte sie sich an die Wand, die dem Lastenaufzug gegenüberlag. Derart in Stellung gebracht, derart hustend, derart stotternd, derart einen Blick auf ihr sterbendes Ich im Eingangshallenspiegel werfend und eine ihrer Großnichte abgelauschte neumodische Affirmation aufsagend, »Ich liebe und akzeptiere mich bedingungslos«, zog sie die Pistole aus ihrem Morgenrock.

Sie erschoss Freddie am Ende der Reise – am Ende seiner Reise –, und auch er war beim letzten ihm zugedachten Tod angelangt. Da Freddie ein bloßer Einfaltspinsel war, hätte er eigentlich nicht mehr als ein Leben und einen Tod haben dürfen, doch aufgrund einer Geburtsanomalie hatte er mehr abbekommen. Nicht so viele wie Großtante natürlich, und um die, die er hatte, hatte er sich auch nicht so recht gekümmert, daher war nun er an der Reihe mit taumeln und durch die Eingangshalle rollen und Pflanzen, Blumengestecke und den Großteil der an den Wänden hängenden Bilder herunterreißen. Er rollte sich gegen den Uhrzeigersinn an einer Wand entlang, dann weiter an der nächsten und den Flur hinunter, wobei Großtante einen weiteren Schuss abfeuerte, während er an ihr vorbeistarb. Mit seinen Blutspritzern schuf er ein depersonalisiertes, aber doch seltsam gemeinschaftliches Bild, einen postironischen, interintellektuellen Moment, ehe er, wieder am Lastenaufzug angekommen, tot die Wand hinunterrutschte. Wie Großtante war er noch nicht ganz tot, denn auch hier gab es eine kurze Gnadenfrist, während derer er sein Haus auf Vordermann hätte bringen können. Freddie glaubte jedoch nicht, dass seine Zeit komplett abgelaufen war. Er dachte, er würde ein bisschen den toten Hund spielen und dann, kurz darauf, ins Leben zurückkehren. Nach zahllosen Fatales jedoch, zahllosen doppelten Spielen und ohne vernünftige Tabelle, die ihm geholfen hätte, diese Dinge im Auge zu behalten, hatte Freddie die ihm verbleibende Zeit völlig überschätzt. Er war also zu seinem Ausgangspunkt am Lastenaufzug gegenüber von Großtantes Aufzug zurückgekehrt, sodass die beiden Protagonisten einander nun anschauten. Selbst am Ende ihrer Gnadenfrist, als ihre Lebensgeister schon fast ausgehaucht waren, versuchten sie noch immer, mit ihren Waffen zu zielen. Und genau so fanden Femme und Superheld, die den Wolkenkratzer durch die Tür mit dem festgestellten Schnapper betreten hatten, die beiden vor, und Femme schrie auf und rannte sofort zu Großtante.

»Winzig kleiner Knopf, ich glaube, ich bin tot.« Das war Großtante, aber sie war noch nicht tot, denn sie konnte ja noch sprechen. »Ich habe ein gutes Leben gehabt«, sagte sie, »oder zumindest eines voller Action und Abenteuer. Ich habe die Weltherrschaft an mich gerissen, kleine Dichterin, viermal.« – »Sie ist im Delirium!«, rief Femme. »Tu was, Held. Hilf ihr!« – »Lass sie ausreden, Femme«, sagte Held sanft und ließ sich neben den beiden Frauen nieder. Er hatte Freddie die Waffe abgenommen und versuchte nun bei Großtante dasselbe. Großtante jedoch wollte davon nichts wissen, und Held, der dringend eigene Fragen in Sachen Großelternschaft mit ihr zu klären hatte, beschloss, die Sache mit der Waffe erst mal auf sich beruhen zu lassen. Femme bemerkte nichts von alledem, so entsetzt war sie, ihre Tante mitten im Todesröcheln vorgefunden zu haben. »Ja, kleiner Meerrettich. Früher habe ich gelebt, bin gestorben und habe weitergelebt – selbst als es meinen geliebten Mr Oberschurke Extrem Höchstherrschender –« – »Großtante!«, rief Femme. »Dein Blut ist ja plötzlich grün!« – »Na und ob, Samtweich. Ich bin Camoufleurin, Täuscherin, ein doppeltes Lottchen. Ich habe mich spezialisiert auf ›Stimme und Auftreten von‹ – aber um die Geschichte zu Ende zu erzählen: Ich wäre als Mrs Oberschurke Extrem Höchstherrschender Erz-Ober-Erz-« – »Bist du meine Mutter?«, platzte Held plötzlich heraus. Das war ungewöhnlich emotional von ihm, und beide Frauen wandten sich zu ihm um und schauten ihn ungläubig an. »Was?«, rief Großtante. »Was?«, rief Femme. »Ich meine natürlich, Großmutter«, korrigierte sich Held hastig. »Was?«, rief Großtante. »Was?«, rief Femme, und ja, wenn sie es so ausdrückten, hörte sogar er, wie dumm der Gedanke klang, sobald er seinen Mund verlassen hatte.

»Maria, Königin der Schotten!«, rief Großtante. »Bist du von allen guten Geistern verlassen? Natürlich bin ich nicht deine Mutter. Natürlich bin ich nicht deine Großmutter. Ich habe deine Mutter umgebracht. Ich habe deine Großmutter umgebracht. Ich habe alle umgebracht – fast alle. Hast du mir nicht zugehört? Dich habe ich nur nicht umgebracht, weil du nicht da warst.« Sie starb noch ein bisschen vor sich hin, und dann sagte sie, diesmal leise: »Lass es gut sein, Held. Leg es zu den Akten. Denk nicht weiter drüber nach.« – »Du hast recht«, flüsterte sie dann Femme zu. »Er legt sich wirklich Katastrophengeschichten zurecht.«

Femme hatte keine Ahnung, dass Großtante sich in diesem Moment auf ihre vorangegangene Hypnosesitzung bezog, doch selbst wenn sie es gewusst hätte, wäre dies nicht der richtige Zeitpunkt gewesen, um über eine im Vertrauen getätigte Äußerung entsetzt zu sein – die ihr auch noch unter Zwang entlockt worden war und jetzt gerade vor genau der Partei unter die Leute gebracht wurde, die sie darin kritisiert hatte. Sie war bereits schockiert über etwas anderes. Da hatte sich die liebe kleine, süße kleine Tante selbst als massenmordende Superschurkin geoutet, aufs Wort genau, wie Held gesagt hatte. Nicht nur das, Großtante hatte auch noch Helds Familie umgebracht, und nicht nur das, wie meinte er das, dass Großtante seine Großmutter sein sollte? Wollte er, dass Großtante seine Großmutter war? War es das, worum es hier eigentlich ging? Femme war klar, dass sie sich gewaltig vergriffen hatte, wenn ihre Kriterien für eine gesunde Fertigbeziehung einen ehrlichen Mann, einen intelligenten Mann, einen enthusiastischen, einen herzensguten Mann beinhalteten, der sie zum Lachen brachte und über seine Gefühle sprechen konnte, während Helds einzige Sorge auf der anderen Seite die ganze Zeit gewesen war, dass sie eventuell blutsverwandt waren. Bei all den Hindernissen, die sie für ihre Beziehung gesehen hatte – die natürlich allesamt ihm anzulasten waren, da sie von seiner undurchschaubaren, computergenerierten Pokerposition herrührten –, war ihr dieser Unsinn von Verwandten ersten oder zweiten oder x-ten Grades nicht einmal annähernd in den Sinn gekommen. Sie glaubte sowieso nicht, nicht eine Sekunde lang, dass Held ihr Vetter war. Großtante glaubte auch nicht, dass er ihr Vetter war. Aber Held hier? Der hatte sich offensichtlich den einen oder anderen Gedanken in dieser Richtung gemacht.

Ebenjener Held saß noch immer neben den beiden

Frauen, machte jedoch gerade eine ungewöhnliche, bewusstseinsverändernde Unterbrechungserfahrung. Es war eine friedliche, stille Unterbrechung, hervorgerufen durch die Erkenntnis, dass er doch kein Superschurkenblut besaß. Trotz Großtantes Bestätigung, dass sie die Mörderin seiner gesamten Familie war, konnte er nicht anders. Die Erleichterung darüber, nicht mit ihr verwandt zu sein, heiterte ihn einfach auf. Er war also glücklich darüber, keine bösen Gene zu haben, auch wenn der unglückliche Umstand blieb, dass er in jemanden mit bösen Genen verliebt war. Doch auch da gab es einen Lichtblick, nämlich dass er sich nun nicht mehr mit dem misslichen, unschönen Thema »Verliebt in die Cousine« auseinandersetzen musste. Von daher, ja: Erleichterung. Diese Erleichterung währte jedoch nur einen kurzen Augenblick, weil in seinem Kopf gleich die nächste Katastrophengeschichte losging. Moment mal, sagte er sich. Kleinen Moment mal. Wer ist dieser Mr Oberschurke, von dem Großtante da redet?

Großtante hustete diskret, kleinlaut gar. »Ja, was das betrifft«, sagte sie. Und dann kam heraus, dass der vollständige Name von Helds Großvater überhaupt nicht Mr Weiße Weste Eins A Pfundskerl Superheld gewesen war, wie Enkel ihn in der Kindheit, dann in der Jugend und schließlich im Erwachsenenalter als Einziger genannt hatte und dabei niemals korrigiert worden war. Stattdessen hatte Helds Großvater Mr Oberschurke Extrem Höchstherrschender Erz-Ober-Erz-Imperator von und zu Schlimmster Finger der Welt geheißen. »Deine Familie bestand ausschließlich aus Schurken«, sagte Großtante. »Seit ewigen Zeiten, bis in die tiefsten Tiefen der Zeit sind alle Schurken gewesen – bis auf ein, zwei Helden zwischendrin vielleicht, die irgendeinen Quatsch an irgendeinem Quatschort irgendwo am Rand der Galaxis gemacht haben. Aber warum so verdrossen, Held?«, fuhr sie fort. »Dein Großvater« – und an dieser Stelle seufzte sie, und ihr Ausdruck wurde sichtlich weicher –, »hach, dein Großvater hatte eine so grundlegende Schurkenhaftigkeit an sich und dazu einen solchen Erfolg, dass Frauen auf der ganzen Welt sich der Reihe nach in ihn verliebten. Selbst in den Augen seiner Schurkenrivalen war er – bis zu seinem neunhundertfünfzigsten Tod – der größte Strippenzieher und Welterschütterer von allen.«

Weil das alles jedoch schon so lange her war und weil sie im Sterben lag, machte sich Großtante nicht die Mühe, ins Detail zu gehen. Sie ließ aus, dass dieser Welterschütterer die Liebe ihres Lebens gewesen war, dass sie selbst in gewissen Kreisen als zweitgrößte Welterschütterin gegolten hatte, dass sie kurz davor gewesen waren, zu heiraten und die Welt gemeinsam zu erschüttern, dann jedoch etwas dazwischengekommen war, nämlich, dass er sie nicht mehr wollte. Er ließ sie für eine Femme fatale sitzen – *eine mickrige Femme fatale* –, und das ertrug Großtantes damals dreißigjähriges Ego einfach nicht. Es lag gar nicht so sehr an der Zurückweisung und dem Liebeskummer, sondern viel mehr an der Vorstellung, ihren Geliebten aus erbärmlichen Eifersuchtsdramagründen umzubringen. Sie hielt sich eigentlich für reif und beherrscht genug, um aus würdevolleren, aus Karriereleitergründen zu töten. Daher kämpfte sie gegen ihre Rachegelüste an und beschloss, ihn nicht umzubringen, zumindest nicht, bis sie in dieser Frage wieder sauber tickte. In der Zwischenzeit wurde die Femme fatale, für die ihr Liebhaber sie eiskalt abserviert hatte, unter der Geburt selbst zur Superschurkin. Nach ihrer Niederkunft, bei der Helds Mutter auf die Welt kam, stand sie aus der Hocke auf und tötete ihren Liebhaber, Helds Großvater. Dann übernahm sie die Weltherrschaft. Damit hingen Großtante und andere Bösewichte auf einmal in der Luft – waren aufs Abstellgleis geschoben, abgesetzt, überflüssig gemacht – und hatten keine andere Wahl, als im Hintergrund zu bleiben und auf Gelegenheiten zu warten. Drei Jahrzehnte später, nachdem sie die Eifersucht und Zurückweisung überwunden und ihre überhebliche Weltsicht wiederhergestellt hatte, die beinahe von einer schmalzigen Verliebtheitsweltsicht abgelöst worden war, kam Großtante in den Genuss ihres eigenen Blutbads, das mittlerweile nur noch zu einem Bruchteil aus Rachegründen erfolgte. Dem ermordeten Ex-Geliebten hatte sie längst verziehen, und der Racheteil war lediglich ihre Gratiszugabe für die gemeinsame Zeit. Der Rest war ein Feld-Wald-und-Wiesen-Blutbad, das Großtantes Rückkehr aus der Abgeschiedenheit, ihre Wiedereingliederung in die Abläufe und die Übernahme der Weltherrschaft markierte.

Die Kurzfassung – dass sein strahlend hell glänzender Stammbaum mit dunklen Schurkenflecken übersät war – war also die einzige Fassung, die Held zu hören bekam. Von der Beziehung zwischen Großtante und seinem Großvater und vom Großen Tag des Massakers, an dem Großtante alle niedergemetzelt hatte, wusste er natürlich bereits, aber jetzt musste er die erste Version der Ereignisse überarbeiten, um seine Irrtümer zu korrigieren. Es hatte keinen Superheldengroßvater gegeben, der von einer verführerischen Großtantensirene hypnotisiert, betört und vorübergehend in seinem Superheldenstatus geschwächt worden war. Nur Schurken und noch mehr Schurken, die sich gegenseitig hypnotisierten, betörten und bekriegten. Auch der Groll, aufgrund dessen er Großtante hatte töten wollen, verflüchtigte sich in der Zeit, die sie brauchte, um die Wahrheit über seine Abstammung zu enthüllen. Die noble Blutlinie, die zu rächen er sich verpflichtet gefühlt hatte, war nie eine solche gewesen, und es war viel zu früh, um einen neuen Groll wegen des Todes verkommener Verwandter, von denen er sich bisher nicht einmal ansatzweise ein Bild hatte machen können, tabellarisch auszuarbeiten. Großtante unterdessen zeigte während des ganzen Böses-Blut-gutes-Blut-Hin-und-Hers keinerlei Schuldgefühle, aber ebenso wenig war ihr Schadenfreude anzumerken. Was für ein kalter Fisch die Alte war, dachte er, selbst im Tod. Am Ende ihres Lebens, wirklich ganz am Ende, brachte sie mit Mühe ein paar letzte Worte über die Lippen. »Tragische Geschichte mit ihm«, flüsterte sie, und das konnte sich auf den Verlust ihres Geliebten beziehen oder darauf, dass sie ihm überhaupt je begegnet war;

Held jedoch nahm natürlich fälschlicherweise an, dass sie sich auf die Tötung ihres Geliebten bezog, erst recht, als sie hinzufügte: »Er war nämlich wirklich, wirklich, wirklich ein richtig feiner Kerl.« Damit wandte sie sich wieder Femme und den letzten Worten zu, die sie zuvor zu ihr gesagt hatte. »Winzig kleiner Knopf, ich glaube, ich bin tot.« Und das war sie dann auch, diesmal wirklich.

Freddie war ebenfalls fast tot, aber zuerst hatte auch er eine Ansprache loszuwerden. Während Femme nach dem Tod ihrer Tante noch »Oh, schrecklich! schrecklich!« kreischte, winkte Freddie sie bereits energisch vom anderen Ende der Eingangshalle zu sich heran und krallte sich an ihrem Kleidersaum fest, als sie schließlich neben ihm stand. Er rang um Worte. »Sag Monique«, fing er an, und so ging es auch weiter. »Sag - sag - sag ihr - sag ihr - sag –« - »Ach, sei still, Freddie«, rief Femme. »Du hast Großtante umgebracht!« An dieser Stelle riss sie ihm den Kleiderstoff aus den Händen, doch Freddies Tonfall flehte um Beachtung. »Es war für Monique. Ich hab es für Monique getan. Monique hat gesagt, wenn ich die Weltherrschaft an mich reiße, wenn ich ihren Mann töte, dann heiratet sie mich - sie hat es versprochen!« - »Ach, du alter Einfaltspinsel - nicht schon wieder!« Femme wurde unwillkürlich das Herz weich. Sie wollte ihren sterbenden Vetter schon in den Arm nehmen, doch dann fiel ihr die Tragweite der Situation wieder ein, und sie ging schnell wieder auf Abstand. »Freddie, du Bestie! Du hast Großtante umgebracht!« - »Ja, das fand ich auch irgendwie seltsam«, pflichtete Freddie ihr bei, »aber Monique hat gesagt, ich muss es tun.« – »Also hast du es einfach gemacht!« – »Na klar, Femme. Ich wollte doch nicht, dass meine Verlobte denkt, ich hätte kein Vertrauen in sie und würde an ihr zweifeln.« – »Aber Freddie«, stöhnte Femme, »Großtante! Unsere liebe kleine, süße kleine –«, doch selbst Femme konnte an dieser Stelle nicht weitersprechen. Angesichts der Offenbarungen über Großtante, die in der letzten Stunde auf sie eingeprasselt waren, und angesichts der Wesensänderung, die sie selbst an ihrer alten Verwandten bezeugt hatte, passte das »liebe kleine, süße kleine« kaum noch ins Bild. Stattdessen war Femme verunsichert, tief getroffen, wusste gar nichts mehr mit Sicherheit, auch nicht, wie es weitergehen sollte. *Süß – und trotzdem eine Mörderin! Und trotzdem süß! Und trotzdem eine Mörderin!* Femme war wirklich hin- und hergerissen. Freddie indes, der noch immer vor sich hin starb, fuhr fort.

»Streng genommen, Femme«, sagte er und nahm die Hände zum Gestikulieren von seinen tödlichen Wunden, »war Tante Daisy nie meine Großtante. Sie war deine Großtante. Ich entstamme der männlichen Unglücksrabenseite der Familie deiner Mutter. Großtante war von der weiblichen, faszinierenden Raumkadettenseite der Familie deines Vaters. Es war also schon okay, dass ich sie umgebracht habe – kein Inzest oder so.« Femme hatte weiterhin zu kämpfen, denn ihr gegenüber auf der anderen Seite der Eingangshalle lag Großtante, Massenmörderin der Extraklasse, und war tot. Neben ihr lag Freddie, ihr Spatzenhirn von Vetter, der ebenfalls gleich tot wäre. Und mittendrin ihr ansonsten so unerschütterlicher Held, der selbst ernstzunehmende seelische Nöte litt. Ja, sie hatte sich gewünscht, dass er mehr Gefühle zuließ, aber musste das gerade jetzt sein? Idealerweise sollte er nur dann welche haben, wenn sie nicht gerade gerettet werden musste. »Also, tust du es, Femme?«, bettelte Freddie. »Sagst du Monique, dass ich sie liebe?« Doch bevor sie antworten konnte, starb Freddie. Und das war wahrscheinlich auch besser so, denn es ersparte ihm die Erkenntnis, dass er wieder einmal die gleiche alte Platte aufgelegt hatte, als im selben Augenblick Monique Frostique in ihrer ganzen unrühmlichen Pracht ins Foyer platzte. Diese Pracht war wirklich unvergleichlich, sie war überwältigend, sie war sexy, rücksichtslos, zartfließend. Mein Gott, sie ist umwerfend, ich beneide sie, dachte Femme. Das dachte sie, noch bevor sie begriff, dass Monique Frostique eine Waffe in der Hand hielt. Als sie die Waffe schließlich entdeckte, wurde sie nur noch neidischer. Dieses coole, hochentwickelte Flirten. Diese selbstbezogene Hemmungslosigkeit. Wie unfair – die Waffe passt sogar zu ihren Haaren! Warum kann *ich* nicht so sein?

Femmes Eifersucht war sofort da. Das war schlimm genug, aber es wurde noch viel schlimmer, als sie zum nächsten Teil überging. Neben allen anderen Qualen war sie sich nun obendrein sicher, dass Held auf diese Fatale abfahren würde. Monique Frostique sah fabelhaft und mörderisch gut aus, aber mörderisch auf eine

Art, die Männer, die darauf hereinfallen, für gespielt halten. Alle Männer fallen darauf herein. Deshalb landeten so viele von ihnen, kurz nachdem sie Monique kennengelernt hatten, auf dem Friedhof. Das machte es für Femme natürlich nicht besser. Es war ja nicht so, als würde sich das Ganze vom Friedhof aus herumsprechen, sodass andere Männer aus den Erfahrungen der Toten lernten. Nein. Sie waren alle Idioten, die sich ihr an den Hals warfen, die sich vor, neben, auf und unter sie warfen, und jeder von ihnen glaubte, er, und nur er, wäre die Ausnahme, der eine, an den sie sich eine Sekunde nach dem Sex noch würde erinnern können, der eine, für den sie ihre Femmefatalität an den Nagel hängen würde. Da war Monique nun also, ignorierte die nebensächliche Freundin und stellte sich dem einzigen Gegner von Format, der noch übrig war. Selbst der sah erschöpft aus. Gemeint war damit natürlich Held, Femmes Held. »Verdammt! Verdammt! Verdammt!«, fluchte Femme. Warum kann *ich* die Männer nicht so um den Finger wickeln? Warum kann *ich* nicht Beine bis zum Himmel haben? Warum kann *ich* nicht dickes seidiges schwarzes Haar bis zum Hintern haben, das hinter mir herpendelt? Mit einem Mal kam sie sich vor wie achtzig. Dabei war sie sechsundzwanzig Jahre alt, aber als Achtzigjährige stellte sie sich vor, wie Monique sie ansah und dachte: *Was will er mit der hutzeligen Alten, wenn er mich haben kann, eine schöne, schillernde, mysteriöse Nacht-und-Nebel-Grazie?* Oh! Die Drögheit! Die Zweitklassigkeit! Die Bürgerlichkeit! Wenn er sich in sie verguckt, dachte Femme, wenn er bei ihr herumtrödelt, wenn er ihr auf die Beine guckt, während er sie überwältigt, sage ich einfach: »Tja, Held, ich habe gesehen, wie du ihr auf die Beine geguckt hast, als sie versucht hat, dich umzubringen, du kannst mir ja wohl kaum vorwerfen, dass ich versucht habe, dich umzubringen, wenn Frauen, die versuchen, dich umzubringen, offenbar das sind, worauf du stehst.« Monique Frostique, war sich Femme außerdem sicher, würde Helds Leben auf erotisch aufreizendere, anrüchig perversere, feindselig erregendere Weise bedrohen, als sie es je konnte. Sie selbst drohte wahrscheinlich nur auf nichtssagende, mausgraue, aktenschrankartige Weise. Femme war geknickt und hätte dringend eine Bestätigung der sexuellen Anziehungskraft ihrer eigenen Mordmethoden gebrauchen können. Doch es war niemand da, der sie ihr hätte geben können – Held war gebannt von Moniques Erscheinung, und die anderen beiden in der Eingangshalle, abgesehen von Femme und Monique, waren nicht mehr am Leben. Femme hatte also weiterhin kein Selbstbewusstsein, machte sich herunter und quälte sich, was schade war, denn ihre Wahrnehmung der Situation war nicht die richtige Wahrnehmung der Situation. Monique Frostique war nicht – zumindest nicht im sexuellen Sinne – gekommen, um ihr den Mann auszuspannen.

Eine halbe Stunde zuvor hatte Monique durch ihr Fernrohr gesehen, dass Ditchlingtonne'ly, dieser Depp, Großtante exakt wie aufgetragen getötet hatte und die habsüchtige alte Schrulle nun endlich aus dem

Rennen war. Die Downtown-Eastside-Gang wiederum war mitsamt allen Frauen und Kindern von Großtantes Schergen ermordet worden, sodass auch sie endlich aus dem Rennen waren. Dann jedoch waren die Schergen selbst verhaftet worden, wegen Herumlungern, Vermüllung und Vandalismus und schlussendlich dafür, dass sie die Stadtklippe zum Einsturz gebracht hatten. Das war ein kleiner Rückschlag für Monique, die sich anschickte, die nächste Weltherrscherin zu werden, und mit dem Gedanken gespielt hatte, sie als Schergen für sich selbst anzuheuern. Egal, dachte sie. Sie würde eine Anzeige schalten. Im Moment war das Wichtigste, dass sie ihren Plan weiter in die Tat umsetzte. Die Polizei würde jeden Augenblick am Wolkenkratzer eintreffen, und so suchte Monique die verwüstete Eingangshalle von Großtantes Festung ab – überall Leichen, überall rotes und grünes Blut, überall umgestürzte Topfpflanzen, überall ausgekippte Vasen, Blumen und Erde, Bilder, die zwar an den Wänden hingen, aber nicht so, wie sie sollten, und schließlich diese lästige Fatale-Freundin, die sie auf eine Art anstarrte, die man nur als zutiefst verzweifelt und verängstigt bezeichnen konnte –, um denjenigen zu finden, der jetzt noch zwischen ihr und allem anderen stand. Da habe ich wohl gewonnen, dachte sie, obwohl sie schon so lange davon träumte zu gewinnen, dass sie es sowieso für ausgemachte Sache hielt. »Keine Bewegung, du Guter! Widerstand ist zwecklos!«, rief sie, nahm ihre dramatische Schießpose ein und zielte mit der Waffe auf Helds Gesicht.

Held bekam aufgrund einer gewissen Anomie, einer Ankerlosigkeit, einer irgendwie neuen Empfindung namens Depression nicht alles genau mit. Er hatte an dem unerfindlichen Gefühl zu knabbern, dass ihm alles systematisch entrissen wurde und er nicht mehr er selbst war. Aber auch noch niemand anders. Und daran, dass er nicht mehr der Gute war oder vielleicht überhaupt nie der Gute hatte sein wollen, denn unter dem Nicht-der-Böse-sein-Wollen schien ein widersprüchlicher Keim gelauert zu haben, der ihn durchaus zum Bösen machen wollte, der er wiederum glaubte, nicht sein zu dürfen, weil er toten Helden die Treue hielt, die, wie sich nun herausstellte, die ganze Zeit Schurken gewesen waren. Machte ihn das zum Heuchler, fragte er sich, zum Betrüger, zum Täuscher, zu jemandem, der alle krummen Ecken gerade machte, obwohl er genetisch gesehen alle geraden Ecken hätte krumm machen müssen? Dahinter verbarg sich jedoch noch etwas anderes. Etwas Großes, etwas Dunkleres, etwas an der Schwelle, die Held kaum zu übertreten wagte. Was, wenn er weder »super-dies« noch »super-das« war, sondern einfach durchschnittlich und gewöhnlich? Durchschnittlich und gewöhnlich zu sein, war Helds Auffassung nach das Gleiche, wie unterdurchschnittlich und weniger als gewöhnlich zu sein, was wiederum bedeutete, nicht akzeptabel, nicht respektabel, nicht liebenswert zu sein, obwohl er selbst natürlich nie in solchen selbstverliebten New-Age-Begriffen gedacht hätte. Diese Begriffe waren etwas für Femme, sie durfte in diesen Begriffen denken, weil sie keine Superheldin sein musste. Das brachte Held an den Anfang seiner Gedankenschleife zurück, an dem die Überlegung gestanden hatte, dass er vielleicht nie ein Superheld hatte sein sollen, und während er da so bedröppelt vor sich hin grübelte, warf ihn das Auftauchen von Monique Frostique natürlich erst recht aus der Bahn, die in schwindelerregendem Bad-Girl-Dress in die Eingangshalle geschnellt kam und ihre klingenscharfe mitternachtsschwarze Mähne hinter sich herschwang. Wie vom Donner gerührt sah er zu, wie sie ihre Waffe auf ihn richtete und »Aus dem Weg, Kleiner!« oder so was in der Art rief und ihm kaum Zeit ließ, einen unwillkürlichen Blick auf ihren Körper und einen weniger unwillkürlichen Blick auf ihre Beine zu werfen und innerlich zu erklären: »Ach herrjemine! Heilige junge Frau! So komme sie herein! Keine Politik, bitte!«, ehe zwei Schüsse fielen.

Es ist zwar ungewöhnlich, aber nicht unmöglich, dass eine Leiche einen Mord begeht, und zwar jede Art von Mord, solange er nur innerhalb eines bestimmten Zeitfensters erfolgt. »Leichen leben nicht lang«, erklärten führende Wissenschaftsexperten nach den aufsehenerregenden »Wolkenkratzer-Erschießungen in Uptown!!!!!« im Abendblatt der Stadt. »Fünf Minuten leben sie weiter«, sagte ein Experte. »Das ist der Durchschnitt. Man kann das schlecht mit chirurgischer Genauigkeit bestimmen oder auf Biegen und Brechen wörtlich nehmen, aber möglich sind mindestens vierzig Sekunden bis höchstens drei Tage. Alle Morde, die Leichen also begehen, müssen sich innerhalb dieser Zeit bewegen.«

Großtante war tot, endgültig tot, es war also ihre Leiche, die die Initiative ergriffen hatte. Sie schoss exakt in der Sekunde auf Monique Frostique, in der diese ihre Waffe abfeuerte. Aus dem Liegen zielte der Leichnam auf die Stirn seiner Rivalin und dachte dann, ach nein, das geht nicht. Dieses Gesicht ist zu schön, um eine Kugel darin zu versenken. Stattdessen sprengte die Kugel Moniques eiskaltes Herz in tausend Stücke.

Keine Sorge, sagte sich Moniques Leiche, denn sie war überzeugt, dass sich ihr Herz bei der Neueinrichtung zu noch undurchdringlicherer Kälte verschließen würde. Zwecks der Ermordung von Superheld hatte Monique nur einen Schuss abgeben können. Durch ihren versehentlichen eigenen Tod war sie zudem vom Ziel abgebracht worden und verfehlte den Kopf ihres Gegners. Stattdessen fing sich Held die Kugel mitten im Unterleib ein, woraufhin er neben der Großtantenleiche zu Boden sackte, deren Ablaufdatum näher rückte. »Sicher, dass du nicht meine Großmutter bist?«, fragte er und fühlte sich ausgesprochen erfolgreich erschossen. »Du hast mir wohl nicht zugehört«, antwortete die Leiche. »Deine schwarzmalerische Fixierung auf die Vorstellung vom Leben als zwei mal zwei Meter großes Loch, das es zu ordnen und mit Sinn zu füllen gilt, ist wirklich bemerkenswert«, fuhr sie fort, »Großtante hat dir doch gesagt, du sollst loslassen, es ablegen, hinter dir lassen. Aber nichts da. Leiche an Superheld: ›Zelebrieren des todgeweihten Selbst‹ – ist es das, was du jetzt vorhast?« Da fiel Held in Ohnmacht und ließ damit einen Tag hinter sich, der sich als ganz schön heikel für ihn erwiesen hatte. Es hatte ein Tag werden sollen, der sich, wie alle seine Tage, einfach nur um Helden und Schurken drehte. Oberflächlich betrachtet schien es tatsächlich um Helden und Schurken zu gehen, und jeder Zeitungsleser hätte wohl bestätigt, dass alle Beteiligten eindeutig Helden und Schurken waren. Unter der Oberfläche jedoch hatte Held den Eindruck, dass dieser Tag eine Zäsur darstellte, dass es heute und an allen Tagen, die noch folgen würden, nicht mehr einfach nur um Helden und Schurken ging.

Held lag jetzt also da, und eine schluchzende Femme lag auf ihm, wie jedes Mal, wenn er vor ihr zu Boden ging. Gleichzeitig platzte die Polizei in voller Kampfmontur, mit Waffenarsenal, Megafonen und dem *Informationskanal Für Superschockierende Nachrichteneilmeldungen Ausrufezeichen!!!!!!* im Schlepptau herein, und die Beamten teilten sich, wie es das korrekte Polizeiprozedere erforderte, sofort in vier Grüppchen auf, wobei ein Viertel Held, Femme und Großtantes Leiche umstellte. »Glaub ja nicht, dass du damit davonkommst«, schalten sie die Leiche, was nicht ganz nachvollziehbar war, denn Großtante war – nach Jahrzehnten des Verbrechens, in denen sie ganz oder fast ganz oben mitgespielt hatte, und dieser einen letzten Leichenszene – ganz klar damit davongekommen. Das Einzige, was noch fehlte, waren die letzten Worte ihrer Leiche. Es war ein fiebriges »Geld! Männer! Koks! Männer, Geld, mehr Koks! Mehr Koks! – und mehr Männer! – und mehr Geld!« – doch es herrschte ein solcher Aufruhr, dass kein Schwein es mitbekam. Dann hörte die Leiche auf zu sprechen, und damit hatte sich die Sache für immer erledigt. Ein weiteres Polizeiviertel umstellte Freddie, dessen Nachtodesworte lauteten: »Ich werde nicht für den Rest meines Lebens ein Einfaltspinsel –«, ehe seine Stimme den Körper verließ. »Armer Einfaltspinsel«, sagte ein mitfühlender Polizist und stieß den nun für immer reglosen Körper sanft mit dem Fuß an.

Ein drittes Viertel der Polizisten umstellte die Leiche von Monique Frostique, wobei auch alle anderen Viertel sich hilflos zu ihr hingezogen fühlten. »Oh, die ist ja superschön!«, rief eine Polizistin, als nun alle Beamten - Männer und Frauen - ehrfürchtig auf die tote Schönheit hinabblickten. Manche seufzten, manche hielten den Atem an, andere versuchten wegzuschauen und riefen: »Guckt sie nicht an! Schaut nicht hin! Sie wird uns ihren Willen aufzwingen, wenn wir sie ansehen!« - aber was für ein Unsinn. Natürlich sahen sie sie an. Es passierte nicht oft, dass man eine solche Schönheit, ob tot oder lebendig, irgendwo auf der Welt zu Gesicht bekam. »Wie viele Leben hat sie schon gehabt?«, fragte der Hauptkommissar schließlich, und er sagte es schroff, in dem Versuch, die Beherrschung, die Kontrolle wiederzuerlangen. Einer der Beamten, der ebenfalls tief bestürzt darüber war, dass jemand selbst im Tod noch aussehen konnte wie von allen Alten, Neuen und künftigen Meistern zusammen gemalt, riss sich von der magnetischen Ausstrahlung der Leiche los, um in sein kleines schwarzes Büchlein zu schauen. »Wir gehen davon aus, Sir, dass Monique Frostique beim achten Tod ist und daher in genau«, er schaute auf die Uhr, »siebenunddreißig Minuten und fünfzehn Sekunden auferstehen wird.« - »Dann nehmen Sie die Leiche fest«, befahl der Hauptkommissar. »Bringen Sie sie auf die Wache, bevor sie mit voller Lebenszeit und allen Superkräften wiederhergestellt ist.«

Die Medien derweil waren völlig aus dem Häuschen. Es war Sommerflaute gewesen, die stille Jahreszeit, die Wochen, in denen die meisten Bösewichte in den Urlaub fuhren. In dieser Zeit waren alle Zeitungen, Radio- und Fernsehsender gezwungen, sich mit stumpfen Schlagzeilen wie »Kleines Ruderboot rudert heim!« zu begnügen. Nun jedoch - mit einer toten Meisterschurkenveteranin, einer toten glamourösen Superschurkin, einem toten Einfaltspinsel, einem bewusstlosen, verwundeten, vielleicht sogar sterbenden Superhelden und einer Femme fatale, die diesen Superhelden beweinte - konnten die Medienmogule einen ganzen Monat früher als sonst wieder mit ihren »Geld! Sex! Mord! Glamour!«-Schlagzeilen an den Start gehen. Reporter, Fotografen und Kameraleute machten sich an die Arbeit, knipsten, blitzten, interviewten und zeichneten eifrig auf, ehe sie die Polizei anflehten, mit auf die Wache kommen zu dürfen, um die Reinkarnation der schönsten und verruchtesten Frau der Welt für nachkommende Generationen festzuhalten.

Danach wurden alle Leichen hinausgetragen. Danach wurden alle Toten hinausgetragen. Danach wurden alle Verwundeten hinausgetragen. Danach wurde Boris der Superhoch-Hausmeister, inzwischen ohne seinen Schuldschein, hinausgeführt. Danach wurde auch Femme hinausgeführt. Vor der Tür warteten Krankenwagen, Leichenwagen sowie diverse Polizeiautos auf sie, und das letzte Polizeiviertel blieb noch kurz, um Großtantes Habseligkeiten zu durchsuchen und sich ebenfalls zurückzuziehen, nachdem sie die gesamte Standardtanzausrüstung im Keller beschlagnahmt hatten. Der Rest machte sich in der Zwischenzeit auf den Weg zum Krankenhaus, zur Polizeiwache und zur Leichenhalle, und sechs Stunden später sagte Femme an seinem Krankenhausbett zu Held: »Also, wollen wir dann?« Das sagte sie, nachdem sie mit ihm ins Krankenhaus gefahren war und gewartet hatte, bis die Kugel herausoperiert war, um anschließend sein Auto und Wechselkleidung zu holen, damit sie ihn nach Hause bringen konnte, denn sobald er das Bewusstsein wiedererlangt hätte, würde er einen Riesenaufstand machen, weil er nicht dortbleiben wollte.

Also würde sie mitsamt Fahrzeug bereitstehen, wenn er aufwachte.

Als Held jedoch aufwachte, war sie noch nicht zurück, und er fand sich zu seinem Entsetzen nicht auf seinem eigenen, sondern auf dem Hoheitsgebiet einer liebestollen Truppe von Krankenhausangestellten wieder, die um sein Krankenhausbett herumstanden und sehnsüchtig auf ihn herabblickten. In Erwartung eines Ansturms von Heiratsanträgen – Ähnliches war bereits vorgekommen – bedankte Held sich eilig fürs Kugelherausoperieren und alles und ergänzte, ab jetzt könne er wieder übernehmen. Daraufhin brach das gesamte Personal in Tränen aus. Sie hatten gehofft, gebetet, Gott angefleht, dass Held so angeschlagen wäre, so kurz vorm Sterben, dass er mindestens über Nacht bleiben müsse – vielleicht sogar zwei Nächte – vielleicht sogar mehr. War das denn zu viel verlangt? So überaus groß war ihre Besorgnis um ihn, dass sie, während er noch im OP lag, bereits ausgelost hatten, wer ihm als Erster seine Medizin verabreichen durfte, doch Held blieb dabei, dass es ihm gutgehe, sagte noch einmal, dass es sich schließlich nur um eine leichte Schusswunde handle, die sich dank seines Superheldenschnellheilungsstatus zweifellos auf dem Weg der Besserung befinde. Er werde also gehen. Wieder brach das gesamte Personal in Tränen aus. Und so fand Femme sie vor – sexuell, beziehungstechnisch und freundschaftlich zurückgewiesen –, Held in ihrer Mitte, der erleichtert und mit Nachdruck verkündete, sie würden nun gehen. »Also, wollen wir dann?«, fragte sie und wollte sich noch bedanken, doch das Personal wollte ihren Dank nicht hören, weil es sie hasste. Sie erschrak darüber, doch ihr blieb keine Wahl, also wandte sie sich wieder Held zu und half ihm erst aus dem Krankenhaus hinaus und dann zum Parkplatz und zu seinem Auto. Dort angekommen ereignete sich eine eigene kleine Zankerei zwischen ihnen, weil er unbedingt selbst fahren wollte und sie sagte, er sei bewusstlos und könne deswegen natürlich *nicht* selbst fahren, und er sagte, es sei sein Auto und sie werde sicher nicht fahren, denn sie stehe unter einem Zauber und wolle ihn umbringen und werde einen Unfall bauen, und sie sagte, sie werde keinen Unfall bauen, der Zauber bewirke schließlich nicht, dass sie sich selbst mit umbringen wolle. Darauf rief er: »Ach, du gibst den Zauber also zu!«, doch ehe sie einräumen konnte, dass sie möglicherweise tatsächlich unter einem Zauber stand, beschloss er, nur ganz kurz die Augen zuzumachen. Als er sie wieder öffnete, saß er auf dem Beifahrersitz seines Minimilitärmobilkleinfahrzeugs und Femme am Steuer neben ihm. Sie waren bereits auf halbem Weg zu seiner Wohnung. »Ja«, sagte Femme. »Die Polizei hat deinen Transmitter angefunkt, während du im Krankenhaus geflirtet hast. Sie haben gesagt, die guten Zauberer suchen mit Hochdruck nach einem Gegenmittel für den Zauber.«

Bislang gab es nach Aussage dieser Burschen des Lichts noch keines, doch sie waren gewissenhafte und aufrichtige Zauberer und taten ihr Bestes. Anders als gerüchteweise behauptet wurde, waren sie gar nicht nutzlos und weniger fortgeschritten in ihrer Magie als die bösen Zauberer. Es war vielmehr so, dass ihr ganzes Temperament im Widerspruch zu den Abendnachrichten im Fernsehen stand. Niemand wollte Nachrichten sehen, in denen von einem schönen Tag berichtet wurde, der in einem schönen Abend gipfelte, und die nur so wimmelten vor zufrieden machenden Geschichten über kleine Ruderboote, die heimruderten. Ganz bestimmt nicht. »Schock! Tod! Sex! Skandal!« – das waren die wirklich erbaulichen Themen, daher bekamen die guten Zauberer mit all ihrem Wohltun selten gute Presse. Sie bekamen auch keine schlechte Presse. Sie bekamen einfach gar keine Presse. Doch ihr Modus Operandi war das selbstlose Wirken im Hintergrund, um zuträgliche Lösungen für im Gange befindliche Problematiken zu finden. Die bösen Zauberer hingegen, die als verrucht, glamourös und faszinierend galten und andauernd in den Klatschspalten auftauchten, waren am selben Tag verhaftet und in Verhörraum Nummer Eins gebracht worden. Sie sagten, ihr Modus Operandi sei, Böses zu tun, und nicht, davon freigesprochen zu werden, daher würden sie weiterhin unmoralisch und unerbittlich über den Zauber schweigen. Die Schergen in Verhörraum Nummer Zwei zuckten nur mit den Schultern und brachten ihr Desinteresse an der Sache mit dem Zauber zum Ausdruck, das sei doch alles Quatsch, sagten sie, sie glaubten nicht an Übernatürliches, und als hartgesottene, zynische Schergen würden sie sich ganz bestimmt nicht von den Guten in ihren Waffenröckchen aufs Korn nehmen lassen. Als Nächstes war Monique Frostiques Leiche in Verhörraum Nummer Drei dran, allerdings mehr aus Gründen der Reihenfolge als aus der Überzeugung heraus, von dieser Seite Kooperation zu erfahren. Monique Frostique war reinstes Alphaschurkinnenmaterial und würde es wahrscheinlich immer bleiben. Gleiches galt daher vermutlich auch für ihre treuergebene Leiche. Überraschenderweise jedoch machte die Leiche das genaue Gegenteil und kündigte an, aus dem Gegengiftkästchen zu plaudern, auch wenn es wahrscheinlich darauf hinauslaufen würde, dass sie sie auf den Arm nahm oder obskur-metaphorisch-sprachbildlich verwirrte. Jedenfalls herrschte Aufregung bei den guten Zauberern, der Polizei und beim *Informationskanal Für Superschockierende Nachrichteneilmeldungen Ausrufezeichen!!!!!!*. Gespannt beugten sie sich vor. »Das Gegenmittel für den Zauber ist«, setzte die Leiche an.

Moniques Leiche hatte den Zauber zwar weder ausgeheckt noch Femme damit belegt, doch das hieß nicht, dass ihr nicht trotzdem eine Lösung einfallen konnte. Ähnlich wie bei Menschen, die im Sterben liegen und unerwartet hellseherische Fähigkeiten wie Präkognition, Retrokognition, Kommunikation mit Verstorbenen und anderes Übersinnliches entwickeln. Solch unerwartetes und unheimliches spiritistisches Verhalten kann eine beunruhigende Wirkung auf Umstehende haben, insbesondere wenn diese Umstehenden wissen, dass die sterbende Person ihr ganzes Leben lang die reinste Spötterin und Verächterin der Geisterwelt war. Allen Spott hinter sich lassend beginnt das Orakel nun mit dem Finger zu zeigen. Es weiß Dinge: Wer zum Beispiel schwanger ist, es aber nicht sein will, weil der Vater des Kindes nicht der eigene Ehemann ist; wer niemals heiraten wird, allen Bestechungen, Geiselnahmen, Tränen und aller Verzweiflung zum Trotz; wer seine gesamte Identität – im Sinne von Geld – verlieren wird, ohne Gott zu finden, der ihm zeigt, dass er es ohnehin nie gewollt hat. Dann wäre da noch der Mörder von vor zwanzig Jahren, der denkt, er sei davongekommen, und immer der eine, der als Nächstes stirbt – qualvoll, freundlos und allein. Die Prognosen sind nie frisch-fröhlich, sondern stets durchdrungen von Verzweiflung und Einsamkeit. Es kommt jedoch vor, dass sie aus der Norm fallen, insbesondere wenn sie in der Welt der Nicht-Zauberer, der Nicht-Esoteriker, der Nicht-Spinner stattfinden. Vielleicht war es also in diesem Geiste, im Geiste von *Ich weiß es einfach*, in dem Monique Frostiques Leiche anfing, das Gegenmittel vorzutragen, und dass sie eine Leiche und kein lebendiges, atmendes, fehlbares menschliches Medium war, machte es nur umso authentischer, da sie schließlich zu diesem Zeitpunkt selbst tot oder halbtot oder vorübergehend tot oder untot war.

»Das große Zeichen der Liebe und Freundschaft zwischen uns«, verkündete die Leiche, »soll sein, dass ich meine Waffe nicht auf dich richte und du deine Waffe nicht auf mich richtest, und der Schauplatz dieses Nicht-Richtens von Waffen soll der Friedhof sein und von einem bekannten leeren Grab markiert werden.

Dieses Grab, in dem niemand liegt, soll das Symbol der gegenseitigen Umsicht und des Respekts sein, den wir einander entgegenbringen, und solange sich ein jeder an seinen Teil der Abmachung hält, wird es nie mit einem deiner oder meiner Toten gefüllt werden müssen.« An dieser Stelle brach die Leiche ab. Auch wurde sie deutlich blasser, was in der Frühabendsonne, die durch die Jalousien fiel, gut zu erkennen war. Tatsächlich wirkte sie in diesem Moment toter als noch kurz zuvor. Das lag daran, dass sie jetzt wirklich tot war. Nun konnte jeden Augenblick die Superschurkin Monique Frostique die Neunte auf spektakuläre Art und Weise das Licht der Welt erblicken.

»Das war's?«, rief die Polizei. »Letztes Geschwafel einer sterbenden Leiche, die, wenn ihr uns fragt, die ganze Zeit mit Frostique unter einer Decke gesteckt hat und sich wahrscheinlich einfach lustig gemacht und uns den Stinkefinger gezeigt hat.«

»Zwei Stinkefinger«, schimpften die Medien.

»Nein, Gentlemen, nein!«, riefen die Zauberer. »Sie verstehen nicht. Wir halten die Worte der Leiche für kryptisch, universell und weise.« Als die Polizei und die Medien eine Erklärung forderten, ergänzten die guten Männer, dass Held und Femme womöglich eine ursprünglich als simpel und harmonisch gedachte Liebesbeziehung zu einer bedenklichen, extremen, pauschalisierten Schurken-gegen-Helden- und Dauerkatastrophensicht auf die Welt aufgeblasen und verzerrt hatten.

»Sie meinen, Misstrauen als Grundannahme ist alles, was es gibt?«, fragten die Medien.

»– und Vertrauensbruch ist alles, was es gibt?«, fragte die Polizei.

»– und Hyperabwehrhaltung ist alles, was es gibt?«

»– und angedrohte Gegenschläge sind alles, was es gibt?«

»– und dass das Liebe ist?«

»– und wir uns also besser daran gewöhnen?«

»– indem wir uns auf Regeln einigen?«

»– auf Abkommen?«

»– und Klauseln in Abkommen?«

»– die befolgt werden müssen?«

»– damit wir einander lieben können?«

»– weil wir einander sonst umbringen?«

»Genau«, sagten die Zauberer. »Aber als Gegenmittel nützt das nicht viel, deshalb glauben wir Zauberer, dass wir ein besseres entwickeln können.« Und das wollten sie nun tun. Bevor sie die Wache verließen und während sie sich zwischen den Medienvertretern hindurchschlängelten, die ihre Aufnahmegeräte vor dem Eintreffen von Superschurkin Monique stichprobenartig überprüften, übermittelten sie den Polizisten eine Nachricht, die sie an Held und Femme weitergeben sollten und in der stand, dass sie sich in ihre Lagerräume zurückziehen würden, um rund um die Uhr an der Erprobung von Verfahren und Gegenmitteln zu arbeiten, die beiden sich jedoch auf den Ernstfall vorbereiten sollten: Sie würden womöglich feststellen, dass sie ein stinknormales Paar waren wie die meisten

Paare überall sonst. Was hatten sie auch erwartet, wagten die guten Zauberer kritisch einzuwenden, wo sie doch inzwischen wissen mussten, dass man sich auf die Liebe und das Lieben unmöglich vorbereiten kann? Man steckt seine Liebe nicht einfach zu seinem Misstrauen und seinen Zweifeln und seiner Angst und seiner Scham und geht davon aus, dass sie unter diesen Voraussetzungen gelingt. Das bringt der Liebe nichts, sagten sie, außer mehr Misstrauen und mehr Zweifel und mehr Angst und mehr Scham. Stattdessen packt man Letztere zu Ersterer – und zwar mit Zuversicht und Überzeugung oder zumindest mit so viel gutem Willen, dass man die Sache mit dem Verständigungsvertrag vermeiden kann. »Womöglich besteht die Antwort auf den Zauber einfach darin«, schlossen die Zauberer, »dass man beschließt, nicht darunter zu stehen.«

Das Gegenmittel gegen den Zauber schien also keines zu sein; zumindest keins, das nicht naturgegeben, gewöhnlich und nicht-magisch gewesen wäre. Es bestand einfach aus Menschen, die sich bemühen, einen Umgang miteinander zu finden, vor allem, wenn einer von ihnen auf eine Art und Weise Mensch ist, die der andere als falsch erkoren hat. »Hast du das gehört, Held?«, sagte Femme und verlangsamte das Tempo auf der Zufahrt zu Helds Haus. »Es scheint, als gäbe es einen kleinen Zusatz zu diesem Zauber, unter dem ich stehe, nämlich dass vielleicht auch du – in deiner ganzen knappen Strukturiertheit – unter einem stehst.« Held antwortete nicht, weil er Schwierigkeiten hatte, zu antworten, weil das gesamte Krankenhauspersonal nicht nur auf ihn fixiert und kurz davor gewesen war, ihm einen Heiratsantrag zu machen, sondern weil es außerdem nach der Auslosung, wer ihm als Erstes seine Medizin verabreichen durfte, niemand hatte ertragen können, nicht der Erste zu sein, der ihm seine Medizin verabreichte, sodass ihm heimlich alle seine Medizin verabreicht hatten, wodurch er jetzt gerade deutlich weggetretener war, als er hätte sein sollen.

Er war wach, aber er hatte die Augen zu und sagte sich: »Damit ich dich besser hören kann«. Das stimmte vielleicht sogar, denn manchmal - wenn man erschöpft ist, wenn man angeschossen worden ist, wenn man eine Überdosis Medikamente intus und keine Ideen mehr hat - sind offene Augenlider wirklich das Letzte, womit man sich noch herumschlagen will. Als Femme das Auto in der Tiefgarage parkte, bekam er gerade noch den - ihrer Ansicht nach - sehr vernünftigen und angemessenen Schluss mit: »... wenn ich also aufhören soll mit den Mordanschlägen, Held, dann musst du dich auch anstrengen. Anfangen könntest du zum Beispiel bei deinem unnatürlichen Widerwillen, über dich selbst zu sprechen.« Dass Femme Held umbringen wollte, und die - tödliche - Wirkung, die dies auf ihn hätte, war in ihren Augen offenbar gleichzusetzen mit der Wirkung, die seine Selbstphobie auf sie hatte. Sie sagte, sie werde sich Mühe geben, ihn nicht allzu sehr einzuengen, im Sinne von: umzubringen, solange er sich Mühe gäbe, nicht allzu sehr in Peripherem, Ausgrenzung und Nacht und Nebel zu denken. Das komme ihr nur fair vor, wobei Held, wäre er nicht so in Gedanken gewesen, sie darauf hätte hinweisen können, dass es ganz und gar nicht fair war und dass er nun auch noch selbst schuld sein sollte, wenn sie ihn umbrachte. Und sie hätte dann erwidert, natürlich sei er selbst schuld, was habe er sich schließlich dabei gedacht, sie zum Mittagessen auf einer Klippe einzuladen, wo er doch die ganze Zeit gewusst habe, dass sie unter einem Zauber stand und ihn umbringen wollte? Aber das sagte sie genauso wenig, denn Femme war ebenfalls in Gedanken. Infolge von Helds überstürztem Aufbruch aus dem Krankenhaus hatten sich zahlreiche Fäden seiner Naht gelöst. Seine Eingeweide hingen buchstäblich am seidenen Faden.

Er quälte sich aus dem Auto und sagte, nein, auf gar keinen Fall, *unter gar keinen Umständen* gehe er in dieses Krankenhaus zurück. Er brauche keine Hilfe – nicht vom Krankenhaus und auch nicht von ihr. Er brauche niemandes Hilfe. Sie müsse wissen, dass er durchaus in der Lage sei, sich selbst zu nähen. Femme beschloss, sich darauf einzulassen, denn der Hass, der ihr im Krankenhaus entgegengeschlagen war, hatte auch ihr eine Rückkehr nicht gerade schmackhaft gemacht. Da an diesem Tag offenbar alles mögliche Undenkbare geschah, konnte es durchaus passieren, dass sie in eine »Ups, sorry, Freundin versehentlich verstorben«-Situation geriet, wenn sie zurückging, und er auf Nimmerwiedersehen im Krankenhaus verschwand. Als sie sein Auto abgestellt hatte und in die Küche kam, saß Held untätig auf einem Stuhl. Er hatte es immerhin geschafft, seine bevorzugte unaufdringliche, dämmerige Beleuchtung auf eine helle, zum Flicken geeignete umzustellen. Außerdem hatte er sein Oberteil ausgezogen und es sich zerknüllt auf den blutenden Bauch gedrückt. Dann jedoch hatte er alle Bewegung eingestellt und saß nun mit geschlossenen Augen auf dem Stuhl. Femme ging zu ihm hin, tippte ihn an, rüttelte an seinen Schultern, sagte seinen Namen, rief nach ihm und stellte schließlich fest, dass er nicht nur ein bisschen betäubt war – was nach so einer Operation durchaus zu erwarten war –, sondern dass er massiv betäubt war. Was hatten sie ihm denn da bloß für ein Zeug gegeben?, fragte sie sich. Dann richtete sie sich auf und blickte sich um.

Sie durchsuchte erst die Küche, dann das Badezimmer und dann alle anderen Zimmer. Sie stellte alles auf den Kopf auf der Suche nach Erster Hilfe. Doch allmählich dämmerte ihr, dass es gar keine gab. Was hätte es ihn gekostet, dachte sie, kurz einkaufen zu gehen und sich mit einer Notapotheke auszustatten? Vier Minuten? Drei Schekel? Zwei Kopeken? Einen Viertelpenny? Aber nichts da. Zu beschäftigt. Zu Superheld. Zu Weltretter. Zu typisch. Nur weil er mehr als ein Leben und einen Tod hatte, musste er noch lange nicht so angeberisch und verschwenderisch damit umgehen. Sie war also kurz davor, aufzugeben und Erste Hilfe ohne Erste Hilfe zu leisten, als sie doch noch ein Survival Kit entdeckte. Es war halb vergraben im hinteren Zimmer und ragte unter einer losen Bodendiele hervor.

Sie schnappte es sich und rannte zurück in die Küche. Sie setzte sich neben Held, öffnete es und schaute hinein. Was darin steckte, war kaum zu fassen. Der Inhalt hatte nichts mit Erster Hilfe und alles mit Millimeterpapier zu tun. Zwei dicke Bogen entrollten sich in ihren Händen. Sie war verwirrt, nicht wegen der Diagramme an sich, schließlich wusste sie, dass Held ein Riesenfan davon war. Sie machten ihn glücklich – sofern überhaupt irgendetwas grüblerische Helden glücklich machen konnte –, und während sie mit ihren anspruchsvollen, komplizierten drei- bis fünfteiligen Tag-und-Abend-Ensemble-Schnittmustern beschäftigt war, saß er fast jeden Sonntagnachmittag an seinem Schreibtisch und murmelte »Methode der kleinsten Quadrate, Näherungspolynome, Ausgleichsgerade« vor sich hin, während er sich in seine neuesten Diagramme vertiefte. Er erstellte nicht nur welche zu beruflichen, sondern auch zu ganz alltäglichen oder völlig abwegigen Themen. In der Zeit, in der sie sich kannten, hatte Femme bereits Diagramme zu Bürgerpflichten und öffentlichen Ansprachen, zu Verantwortung und Leichtsinn, zu Kreativität und Bewertung von Kreativität, zu Temperaturen und zum Wetter, zu Sonnenauf- und -untergang und sogar zu der Diät gesehen, die er gemacht hatte, als er unglücklich mit einer Gewichtszunahme gewesen war. Das Beunruhigende an diesen Diagrammen hier war, dass er sie versteckt hatte. Normalerweise wurden Helds Diagramme nicht versteckt, sie waren vielleicht sogar das Einzige an ihm, was nicht versteckt werden musste. Warum also diese? Und dann verstand sie, warum. Das eine bezog sich im weitesten Sinne auf Großtante und das andere, im weniger weiten Sinne, auf sie selbst. Die Kurve über Großtante gab die aufzuwendende Zeit im Verhältnis zur Intensität des Werbens an, aufgrund dessen Großtantes liebste Großnichte – sein Trojanisches Pferd – sich in ihn verlieben sollte, wodurch er an Großtante herankäme, um sie auszulöschen, weil sie seine Sippe umgebracht hatte. Die Kurve über Femme zeigte die Quantität seines Missfallens darüber, dass er sich in sie verliebt hatte, im Verhältnis zur Quantität seiner Verwunderung, gelegentlich sogar Freude darüber, dass er sich in sie verliebt hatte. Femme sah sich diese beleidigenden Diagramme an und war erschüttert, beschämt, verwirrt, fühlte sich hintergangen, und dann wurde sie wütend. Dann wurde sie sehr wütend. Wie mies! Wie fies! Was für ein mieses, fieses Schwein! Treulos, armselig!, dachte sie.

Sie sah von dem Diagramm auf, das ihr aus den Händen fiel, und funkelte Held an. Auf der Stelle kam die Mörderin in ihr zum Vorschein. Nicht mehr die zaubergetriebene Mörderin, sondern die Mörderin, die wir alle in uns haben. »Femme«, sagte Held. »Bist du noch da?« Seine Worte kamen stoßweise, und er wusste – wegen der zuen Augen, wegen der Medikamente, wegen der weiterhin nicht funktionierenden Superkraftstörung – nichts von irgendeiner Diagrammsache oder einer Wütende-Frau-Sache. »Femme?«, sagte er wieder. Dann war ein Tropfen zu hören. Als sie zu Boden blickte, sah sie, dass ihm das blutgetränkte Hemd aus den Händen gefallen war und seine Diagramme obendrauf gelandet waren. Sein Blut tropfte von oben darauf. »Ich traue dir nicht, Femme«, sagte er unbedacht. Ich war so dumm, dachte sie. Aber ich kann jetzt einfach abhauen, nach Hause gehen, diesen Puristen, diesen Betrüger, diesen Wachstumshemmer, diese übergenaue Berechnung vergessen, und er kann hierbleiben und sein Blut tabellarisch ordnen, seine Eingeweide grafisch darstellen und sich selbst um seine unendlichen Rasterbezugspunkte kümmern. Oder er kann heute hier sterben, wie er gelebt hat – freundlos, mühselig und allein. »Ich werde nicht zulassen, dass du mir wehtust«, sagte Held als Nächstes, und es schien wirklich, jeder Außenstehende hätte das bestätigen können, als wolle Held um jeden Preis einen Streit mit ihr vom Zaun brechen. Femme stieß ihm als Antwort eins seiner Diagramme auf die Brust. »Das ist verletzend!«, schrie sie. »Du bist verletzend! Was habe ich dir denn getan? Ich mochte dich. Dann habe ich dich geliebt. Ist es das, was ich dir getan habe? Nicht ich bin der Nordpol, Held. Du bist der Nordpol, Held.« Damit warf sie das Diagramm zu Boden, weit weg von sich. Als sie aufstand, streckte Held die Hand nach ihr aus und fiel vom Stuhl. Dann wurde er auf seinen eigenen Diagrammen ohnmächtig.

Es ist nun einmal so, dass man die Liebe nicht einfach abstellen kann. Wenn sie einmal da ist, kann man sie nicht mehr abstellen. Aber anknipsen kann man sie auch nicht. Sie fängt von selbst an und hört von selbst auf. Natürlich kann man sie fördern oder ihr Steine in den Weg legen. Man kann sie missbilligen und anlügen und groß verkünden, dass sie einen kaltlässt und überhaupt nicht tangiert. Man kann sein Leben weiterleben und sich - angesichts des hohen Bedrohungsgrads - einen besser passenden Schutzpanzer mit viel weniger Sicherheitsrisiko zulegen. Man kann »Dann leck mich doch am Arsch« zu ihm sagen und es auch so meinen und sich vornehmen, ihn nie wiederzusehen - und sich daran zu halten. Man kann sich - *das geht wirklich* - sein ganzes Leben daran halten. Man kann es durchhalten. Das heißt aber nicht, dass die Liebe verschwindet. Man wird nicht viele Jahre mit der Liebe verbringen, ohne zu lernen, dass sie sich nun einmal nicht bescheißen lässt. *Man selbst* kann beschissen werden. *Er* kann beschissen werden. Aber dieses Biest kommt und geht, wie es will, ohne jede Vorwarnung. Das waren Femmes Gedanken, und es waren neue, zynische, vom Leben verbitterte Gedanken mit schlimmen Wörtern, aber in der sehr greifbaren, sehr chaotischen, sehr dringlichen Realität, in der sie sich wiederfand, konnte man wohl davon ausgehen, dass ihr kaum klar war, was sie dachte. Wie fühlst du dich gerade, Femme?, fragte da eine einfühlsame, aber schonungslose innere Therapeutin.

Das war einfach. Sie war wütend und wollte weg. Und sie wäre auch gegangen, hätte er nicht blutend, vielleicht sterbend, auf dem Boden gelegen. Sie konnte also nicht gehen, weil er sonst vielleicht starb, bevor er so schlau war, sich selbst Hilfe zu holen. Sie war wütend auf sich selbst, weil sie wollte, dass er so schlau war, und sie war wütend auf ihn, weil er betäubt und eben nicht so schlau war, als wäre auch das bewusste Taktik und ein Machtspielchen auf ihre Kosten. Sie konnte Hilfe holen, überlegte sie, und dann gehen, wütend und unnachgiebig. Das würde beweisen, wie egal ihr war, was aus ihm wurde, doch dann war sie wütend auf sich, weil es ihr eben nicht egal war, und deswegen stinkwütend auf ihn. Sie würde sich nur Sorgen machen. Sie wusste genau, dass sie sich Sorgen machen würde. Sie würde so tun, als wäre es nicht so, aber sie würde sich Sorgen darum machen, was mit ihm in diesem Krankenhaus passierte. Überlebte er? Überlebte er nicht? Was taten ihm diese offensiv obsessiven Gutkittel an? Halfen sie ihm, oder setzten sie ihn – für ihre eigenen Zwecke – nur weiter außer Gefecht? Und wie sollte sie das jemals herausfinden, ohne zu erkennen zu geben, dass er ihr doch noch etwas bedeutete? Sicher nicht glücklich. Nicht sie – dabei wollte sie glücklich sein. Nur er sollte nicht glücklich sein. Er sollte sich körperlich erholen, aber *sehr, sehr* traurig darüber sein, sie verloren zu haben. Mehr als traurig, ruiniert. Was sie noch mehr störte als die Sache mit dem Trojanischen Pferd in den Diagrammen, war die Sache mit dem Missfallen darüber, dass er sich in sie verliebt hatte. Natürlich sollte er unglücklich sein. Er hatte eine Strafe verdient, die ihm mehr Schmerz zufügte, als er ihr zugefügt hatte. Femme erzählte sich also von allen ihren Gefühlen, auch von der Scham, die sie empfand. War die Liebe, die sie zu geben hatte, falsch? War ihre Liebe falsch? War sie falsch gewesen oder falsch gemacht worden? Hatte seine Art zu lieben ihre Art zu lieben vergiftet und verzerrt? Oder war ihre Art zu lieben schon immer vergiftet und verzerrt gewesen?

»Ich geh da nicht wieder hin. Gib mir Nadel und Faden, Femme. Ich flicke mich selbst. Ich hab das schon oft gemacht. Die haben mich betäubt, die haben mich ausgebremst, und auch du musst Vorsichtsmaßnahmen treffen. Ich glaube inzwischen, dass das gesamte Krankenhauspersonal mit Großtante unter einer Decke steckt.«

Das kam von Held, der noch immer auf dem Boden lag, mittlerweile nur noch halb bewusstlos, aber immer noch nicht vorsichtiger in seiner Wortwahl. Diese Worte jedoch brachten Femme wieder zu sich. Sie stellte fest, dass auch sie auf dem Boden lag und seine Wunde untersuchte, wobei sich die Situation als nicht ganz so auf links gekrempelt herausstellte, wie es zunächst den Anschein gehabt hatte. Sie war auch nicht völlig beherrscht, aber: »Leute machen so was andauernd«, sagte sie laut zu sich selbst. »Ja, machen sie. Leute machen das.« Mit »Leute« meinte sie ihre Leute und mit »das« meinte sie Operationen, kleinere Eingriffe, mit ein paar Stichen nähen. Sie hatte zahlreiche Kindheitserinnerungen an Familienmitglieder – alle Familienmitglieder eigentlich –, die sich aufgrund ihrer Lebensführung immer wieder selbst instand setzen und flicken mussten. Auch gegenseitig. Es hatte sich geradezu zum Hobby ausgewachsen, Halsschlagadern zu nähen, hatte sich zum Hobby auswachsen müssen, weil aufgrund der Illegalität des Verhaltens, das zu diesen Verletzungen führte, Krankenhaus und Formularausfüllen bei der Polizei nicht in die Tüte kamen. Hätte sie doch nur besser aufgepasst, was den Wundheilungs- und OP-Teil betraf. Aber eines konnte sie immerhin: Nähen. Dergestalt waren Femmes Gedanken, während sie durch Helds Küche sauste, und durch die rasante Geschwindigkeit, die Schnelligkeit der Bewegungen, mit denen sie Schubladen herauszog, Schränke aufriss, klapperte, polterte, herein- und hinauszischte, wirkte es fast, als würde sie sich selbst – mitsamt ihrem Prioritätssinn – aus dem Weg schubsen. Sie hatte seinen Brandy, seinen Whiskey, seine Essige, sein Salz, ihren Honig und ihren Zucker herausgestellt. Und weil er keine Schere besaß, holte sie seine Messer heraus. Dann ging sie zu ihren Kurzwareneinkäufen – eine völlig andere Geschichte als die mörderischen Baumarkteinkäufe – und kramte ihr Knopfloch-, Chenille- und das hauchdünne Seidengarn heraus. Dann den neuen Fingerhut und die Nähnadeln, dann sah sie noch einmal nach den Töpfen und Pfannen, die auf dem Herd das Wasser erhitzten. Sie hielt inne und schaute an sich selbst herunter: Sie war dreckig, verschwitzt und blutüberströmt. Sie schaute ihn an – er war nicht mehr ganz so dreckig seit der Operation, aber wieder verschwitzt und blutüberströmt. Held hatte in der Zwischenzeit die Augen geöffnet und blickte sie an.

Zumindest sah es so aus, aber in seiner Vorstellung hatte er den Kopf gehoben und suchte seine Umgebung ab, um sich irgendwie zu orientieren. Was war hier los? Warum war er in seiner Küche, warum lag er auf dem Boden? Doch diese Gedanken, mitsamt der Küche, entglitten ihm sogleich wieder, und er verfiel erneut in Zurückweisungen, die er wie Mantras, wie Gebete, wie schiere Talisman-Glücksbringer ausstieß: dass er ihr nicht traue, dass er ihre Tricks und Kniffe kenne, dass er sie durchschaue, dass sie als Paar völlig ungeeignet seien, dass er sie nicht liebe und es deshalb aus sei, und ob sie bitte die Tür hinter sich zuziehen könne, wenn sie gehe? Aus ihm sprach die reine, verzweifelte Abscheu, ein Problem, das Held früher oder später bei jeder Person befiel. Sie war wirklich wie aus dem Lehrbuch, diese Neurose, aufgrund derer er sich immer mehr zurückziehen musste, je größer die Nähe und je größer die Abhängigkeit – seinerseits natürlich – wurde. Normalerweise bewerkstelligte er seine Flucht, indem er zur Weltrettung eilte, und bedauerte dann kurz nach seiner Rückkehr – als neuerlicher Retter der Welt und mit wiederaufgenommener, funktionierender Wohlbefindensstrategie –, dass er erneut in den altbekannten übertriebenen Abscheumodus verfallen war. Doch egal, wie groß das Bedauern war, die Abscheu trat immer wieder an die Oberfläche, und es wurde nicht besser durch die Medikamente in seinem Blutkreislauf, die dafür sorgten, dass er seine Ablehnung unmanierlicher als sonst zum Ausdruck brachte. Und dann war da noch diese andere Empfindung, eine neue, erst kürzlich hinzugekommene, die sich Grauen nannte und sich gesteigerter, paranoischer, lebensgefährlicher äußerte als seine Abscheu. Bis er Femme begegnet war, meinte Held, hatte er dieses Gefühl des Grauens nie erlebt. Also musste es ihre Schuld sein, beschloss er und dachte – *aber wo war sie?* Wieder hob er den Kopf, um sich umzusehen. Und da erkannte er voller Entsetzen, dass es Femme, seine Femme, gewesen war, die ihn hereingelegt hatte. Sie hatte auf ihn geschossen, ihn unter Drogen gesetzt und nun offenbar allein in einem Boot zurückgelassen. Er schaukelte in einem Boot auf einem See, zurückgelassen als Opfer für die Ungeheuer. Er konnte sie nicht sehen, aber er spürte, dass sie irgendwo da drüben waren. »Da drüben« hieß: am Ufer, dort lauerten die Ungeheuer und beobachteten ihn. Wie hatte er ihr vertrauen können? Wie dumm von ihm, ihr vertraut zu haben. Dann fiel ihm wieder ein, dass er ihr gar nicht vertraut hatte. Ach ja, richtig, ich hab ihr ja gar nicht vertraut, beruhigte er sich. Seine Erleichterung war jedoch von kurzer Dauer, denn ihr nicht zu vertrauen, hatte ihm auch nicht geholfen. Er wusste, dass die Ungeheuer ihn immer noch beobachteten und auf ihn lauerten.

Held lag also im Boot auf dem Wasser, während Femme sich mit ihren Mittelchen und Instrumenten in der Küche, so gut es ging, die Hände desinfizierte und sich schließlich neben ihn auf den Boden setzte. Sie holte einmal tief Luft, dann stürzte sie sich in die Arbeit. »Leute machen das«, erinnerte sie sich. »Leute machen das andauernd. Klar, das macht jeder jeden Tag.« Da sie Helds Wunde bereits ausgewaschen hatte – wobei sie geschaudert und er geflucht hatte, worauf sie antwortete: »Sei still, Held. Wenn das hier vorbei ist, rede ich nie wieder mit dir, in keiner Dimension, in keiner Phase und auf keiner Stufe des Lebens, gleich welcher Masse oder Klasse, zusammen oder einzeln, über alle Universen einschließlich aller Kanäle, Verträge, Vereinbarungen und Verhandlungen hinweg, die je bewusst oder unbewusst zwischen uns oder zwischen irgendeinem Teil oder Teilen von uns in jeglicher Richtung von Raum und Zeit eröffnet oder geschlossen worden sind« –, nahm sie Nadel und Fingerhut zur Hand. Sie drückte die aufgerissenen Fleischränder zusammen, beugte sich über ihn und begann zu nähen. Sie würde nicht absetzen, um das »Ürgs! Mir wird schlecht! Kipp gleich um!«, das bereits in ihr aufwallte, möglichst kurz zu halten. Wenn er also aufwachte und nörgelte, dass sie symmetrische, einzelne Kreuznähte nach stammbaumgeprüfter Vorlage hätte machen sollen, dann konnte er sie verdammt noch mal auftrennen und sich selbst wieder zunähen. In dieser Sekunde bestand Femmes Leben nur noch aus einem festen, schwindelig machenden, ganz allein ausgeführten Einstechen auf der einen Seite und kräftigen Herausziehen auf der anderen – und wieder von vorn. Für Held bestand es aus gemurmelten Unverständlichkeiten in Tarnsprache, was immerhin belegte, dass sein Herz noch schlug und er Luft bekam.

»Habe Sichtbestätigung, dass diese Festung kompromittiert worden ist«, sagte er. »Hast du das Gelände gesichert?«, und Femme machte sich gar nicht erst die Mühe, ihm zu antworten. »Ich habe Zweifel daran, dass wir allein sind«, fuhr er fort, »dass sich nicht doch ein paar abtrünnige Einheiten eingeschlichen haben. Hast du den Einzelkämpfer in Erwägung gezogen? Man muss immer den Einzelkämpfer in Erwägung ziehen, Femme.« Von da kam er auf »Zielfehler«, »Ausweichtechniken« und »kontrafaktische Rekonstruktion«, doch Femme schenkte ihm weiterhin keine Beachtung, was kaum unhöflich war, denn es handelte sich nun wirklich nicht um eine Plauderei unter zurechnungsfähigen Parteien. Als er sie schließlich ein »komplett inhaltsleeres Adjektiv« nannte, obwohl er das selbst unter Drogen absolut nicht hatte sagen wollen, nahm Femme, die ihrerseits völlig ohne Zuhilfenahme von Rauschmitteln horizontal in der Vertikalen kletterte, es entweder nicht wahr oder machte sich weiterhin nicht die Mühe, zu reagieren.

Dann tauchte Großtante auf, oder nein – und an dieser Stelle war Held stolz, dass er nicht so zugedröhnt war, dass seine Sinne ihn vollständig im Stich ließen – es war gar nicht Großtante, sondern eine andere alte Frau. Es war seine echte Großmutter, und sie war ganz in Weiß gekleidet und strickte in einem Schaukelstuhl. Ihre Strickarbeit war eine Lumpenpuppe, in der Stecknadeln steckten – allerdings, hatte Held den Verdacht, nicht zum Nähen. Diese Stecknadeln steckten in den Augen, den Ohren, der Nase, dem Herzen, den Fußsohlen und den Handflächen der Lumpenpuppe, die an etwas hing, das wie menschliche Knochen aussah. Die Knochen waren winzige Rippen und fungierten als Stricknadeln. Das war der erste Anhaltspunkt. Der zweite Anhaltspunkt war etwas, das Großmutter in verschwörerischem Tonfall zu seiner Mutter sagte. Mutter war ebenfalls erschienen, ebenfalls in Weiß, und rührte in einem Kochtopf auf dem Feuer. »Mach dir keine Sorgen wegen ihr«, sagte Großmutter. »Sie ist schon lange labil, schon lange von Gefühlen geschwächt, schon lange überflüssig. Wenn wir unsere Trümpfe richtig ausspielen, können wir sie ganz leicht töten. Und wenn wir sie nicht töten, machen wir eine Pinkelpuppe mit ein, zwei Lebensfunktionen aus ihr, dann ist sie aus dem Rennen und für den Rest ihrer Tage in eine Anstalt gesperrt.« – »Aber ich fürchte«, unterbrach Mutter, die Gewebe und Sehnen aus etwas herausschnitt, das Fleisch dann in den Topf warf und umrührte, »wir hätten nicht unterschätzen dürfen, welche Auswirkungen es auf sie hatte, dass du ihren Geliebten ermordet hast.« Da herrschte Großmutter ihre Tochter an, sie solle still sein. Sie nahm es bald darauf zurück und beugte sich vor, um ihrer Tochter mit einer Stricknadel den Rücken zu streicheln. »Tut mir leid, kleines Püppchen«, sagte sie. »Von allen möglichen Töchtern hättest nur du mir genügen können. Aber reiz mich nicht. Er war ihr Geliebter, ja – danach war er aber mein Geliebter. Deshalb hatte ich das letzte Wort. Wir halten uns also an den Plan«, fuhr sie fort. »Dann ist sie, wie ich es skizziert habe, aus dem Rennen, bevor sie wieder richtig im Rennen ist. Sie wird keine Gelegenheit haben, ihren Appetit zu stillen – wobei mir einfällt: Hast du unsere kleine Dynastie schon gefüttert?« An dieser Stelle verstummten beide Frauen und wandten sich zu Held um. Er lag in einer schaukelnden Wiege. Wieder spürte er das Grauen, nur diesmal drei Jahrzehnte früher, als er geglaubt hatte. Er wollte es nicht spüren, wollte nicht, dass sie ihn ansahen, wollte nicht von ihnen essen, aber wenn er nicht äße, würde er vermutlich sterben. Er war jetzt schon hungrig; Held war schon lange hungrig. Dennoch blieb sein Körper wie erstarrt, der Kopf halb zu-, halb abgewandt. Als Mutter, die noch immer das Messer, die Federn und die Knochen in der Hand hatte, sich über ihn beugte, um ihr Baby auf den Arm zu nehmen, es zu drücken und zu murmeln: »Kleine Investition, kleine Erweiterung, kleiner Heldentod, kleiner Enttäusch-uns-bloß-nicht«, wusste er, dass er keine andere Wahl hatte, als sich von Neuem von ihr stillen zu lassen. Sie drehte sein Gesicht zu sich herum, und das Grauen steigerte sich rapide, bis es seinen Höhepunkt erreichte, als ihm die Brustwarze in den Mund stieß.

Jeder, der nicht unter Drogen stand, hätte natürlich sofort gewusst, was Helds Mutter und Großmutter im Schilde führten. Zauber führten sie im Schilde, vor allem den einen, den sie auf Großtante anwenden wollten. Doch das würde nichts werden, denn Großtante hatte schon vor langer Zeit beschlossen, sich nicht mit Zaubern belegen zu lassen. Sie weigerte sich einfach. Sie konnten sie also nicht verzaubern, denn in diesem Fall war ihr Wille stärker als der aller anderen. Obwohl sie schon etliche Ermordungen hinter sich hatte – meist durch Schüsse, aber auch durch Messerstiche, Erhängen, Ertränken und einmal, indem sie an ein Eisenbahngleis gefesselt und im Morgengrauen von einem Zug überrollt worden war –, war sie nie, nicht ein einziges Mal, durch einen Zauberspruch ums Leben gekommen. »Der Geist triumphiert über den Geist«, hatte sie ihren Geschwistern Jahre zuvor verraten, und darin war sie ohne Zweifel Weltmeisterin. Trotz all seiner Akten wusste Held merkwürdigerweise nicht das Geringste davon. Und selbst wenn er es gewusst hätte, hätte er es in seinem gegenwärtigen Zustand wahrscheinlich verwechselt. So jedenfalls glaubte er, dass die »Sie«, von der seine Verwandten sprachen, niemand anders war, niemand anders sein konnte als seine geliebte Femme.

Der Groschen war also gefallen, aber Held hatte keine Zeit, über das fragwürdige Verhalten seiner Erziehungsberechtigten nachzudenken oder darüber, warum er sich jedes Mal, wenn er Appetit bekam, in gefährliche Situationen begeben musste. Keine Zeit, weil Femme ihn nicht nur nicht verraten hatte, wie er nun erkannte, sondern weil sie selbst auch in Gefahr schwebte. Sie war am Ufer zurückgelassen worden, und wenn er nichts unternahm, würden der Einzelkämpfer oder die Ungeheuer sie wittern und über sie herfallen. Was habe ich mir nur gedacht!, dachte er. Was habe ich nur getan! Um ans Ufer zu schwimmen und Femme zu retten, musste er dieser anderen Femme, dieser falschen Femme – die sich unbestreitbar an seinem Fleisch zu schaffen machte –, verklickern, dass sie der bösen Milch entsagen und ihn losbinden sollte. Aufgrund seiner offen sichtbaren zerfetzten, entfärbten Haut jedoch und der nonchalanten, sorglosen Einstellung ihrer Familie gegenüber Operationen und ihrer eigenen klebrig-feuchten Haut und Benommenheit, die bezeugten, dass sie davon nicht viel abbekommen hatte, schenkte Femme seinen Worten notgedrungen weiterhin kaum Beachtung. Erst als er anfing zu schreien: »Schnell, Femme! Ich bin nicht der, der in Gefahr schwebt. Du bist die, die in Gefahr schwebt. Binde mich los, damit ich ans Ufer schwimmen und dich retten kann«, blickte sie von ihrer Näharbeit auf. »Ich bin hier, Held«, sagte sie. »Du bist nicht gefesselt, Held«, sagte sie. »Ich kann meine Arme nicht bewegen«, sagte er. »Wie kommt es dann, dass du sie bewegst?«, fragte sie. Und so ging es weiter bis zum letzten Stich. Wie auf Kommando sprang Held, endlich befreit, ins Wasser und war sofort am Ufer, und da war Femme. Sie sagte etwas, hauptsächlich zu sich selbst, weil sie über die Veränderungen in seinem Gesicht staunte. »Siehst du das?«, sagte sie. »Hast du das gesehen? Oh, das ist aber ein schöner Ausdruck in seinen Augen.« Er lachte, und »Held« sagte Femme darauf und streckte die Hand aus, um ihm die Haare aus dem Gesicht zu wischen. Da stellte Held erstaunt fest, dass Femme in Unterwäsche war, und er bemerkte auch, dass es sie nicht zu stören schien, dass es ihr egal zu sein schien, was ihm nach der ganzen Über-Kopf-Panik wegen Damenleibwäsche auf der Klippe wie eine ziemliche Kehrtwende vorkam. Und das war es auch. Femmes Kleid, das sie für das Mittagessen gekauft hatte, hatte sich Fetzen für Fetzen verabschiedet, angefangen auf der Klippe, dann auf ihren Fahrten – von der Klippe zum Wolkenkratzer, vom Wolkenkratzer zum Krankenhaus, vom Krankenhaus zu Helds Wohnung –, bis in Helds Tiefgarage der letzte Fetzen von einem Windhauch davongeweht worden war. Femme trug nur noch ihre fliederfarbenen Wildlederschuhe, ihren kleinen Hut mit der schmalen blauen Krempe und den blassblauen Hauch von Unterrock, und Sekunden bevor Held sie anblickte, biss sie sich auf die Lippe, während sie ein letztes Mal die Nadel ansetzte und einstach. Danach schnitt sie den Faden mit dem Messer ab, legte alle Werkzeuge nieder und reckte sich, um die Beleuchtung wieder von dem grellen Präzisionslicht für sich auf das von Held bevorzugte Halbdunkel umzustellen. Dann lehnte sie sich erschöpft neben seinen hingestreckten Körper an die Küchenzeile, die Arme schlaff an den Seiten, ein Bein angewinkelt, das andere vor sich ausgestreckt.

So war das Nähen wohl das Ende: Held zugedröhnt, abgestoßen, verliebt, mit hervorquellenden Eingeweiden; Femme, die diese liebend, jedoch überzeugt, nicht lieben zu dürfen, und halb ohnmächtig wieder einnähte. Bisschen Düsternis also. Bisschen finsteres lebendes Bild also. Schlachtfeldromantik. Aber, wie Großtantes Schergen gesagt hätten: Wer wollte sich da ein Urteil erlauben? Beim nächsten Mal war vielleicht alles anders. Nächstes Mal gab es vielleicht kein nächstes Mal mehr, weil alle Beteiligten darüber hinweg waren. Oder es gäbe statt Blut und Wundennähen ein Picknick, ein Theaterstück, ein kleines Boot, das ohne Ungeheuer heimruderte. Vielleicht trafen sie sich in einem Restaurant, zu einer schicklichen Uhrzeit und ohne zwischengeschaltete einstürzende Klippe. Jetzt gerade waren Held und Femme, halb entkleidet, voll entblößt, verwundet, benommen und erschöpft, nicht in der Lage aufzustehen. Held lag flach auf dem Rücken, vor der Küchenzeile, an der Femme lehnte; beide waren gebadet in Blut, Honig, Schweiß, Zucker und einem mehr als ordentlichen Schluck von Helds Schnaps; unerklärlicherweise auch in anderen Würzmitteln, die gar nicht aus den Schränken geholt worden waren. Femme dachte, dass sie irgendwann bald – nicht jetzt, denn jetzt konnte sie sich nicht bewegen, aber vielleicht in einer Sekunde – aufstehen, das Licht wieder anmachen, eine Zitronensaft- oder Kochsalzlösung herstellen und seine Wunde waschen würde. Dann würde sie sie irgendwie verbinden. Sie wusste nicht, womit. Bei ihrem überstürzten Aufbruch aus dem Krankenhaus hatte sie nichts mitgenommen bis auf ihn selbst, der bis in die Haarspitzen zugedröhnt darauf bestand, zu fahren. Und dann war da noch Wundinfektion. Femme hatte keine Ahnung, welche Mikroorganismen, welches Getier sie da mit Nadel und Faden in ihn eingenäht haben mochte. Wenn die Wunde nicht heilte, wenn sein Körper nicht standhielte – die Ungeheuer austrieb oder sie sich einverleibte und außer Dienst nahm –, würden sie ins Krankenhaus zurückmüssen, das arme Krankenhaus. Das Personal dort war nie so schlimm gewesen, wie Held und Femme im Adrenalinrausch gedacht hatten. Normalerweise waren sie ausgeglichene, angepasste, fürsorgliche Profis. Es war bloß die Nähe zu ihrem Idol gewesen, die ihnen zu Kopf gestiegen war, weshalb sie vielleicht etwas monströs, etwas gefräßig, etwas bösartig rübergekommen waren. Doch Femme hätte unbesorgt sein können. Ja, Mikroben konnten tödlich sein, doch nach Helds Dafürhalten waren sie nie so tödlich wie die Verwandtschaft mit Schurken. Ein Kinderspiel, sie entweder loszuwerden oder einzuhegen. Mikroben waren nie das Problem gewesen, nie die

Sorte Bedrohung, zu der Held auch nur eine einzige Katastrophengeschichte parat gehabt hätte.

In der nächsten Sekunde würde Femme also etwas unternehmen. In der aktuellen Sekunde wandte sie sich Held zu, denn der regte sich nun. Das Erste, was ihr auffiel, war ein neuer Ausdruck. Er war flüchtig – eben noch da, im nächsten Augenblick verschwunden und doch gleich wieder da. Es lag eine gewisse Leichtigkeit darin, als wäre endlich etwas an ihm oder in ihm leichter geworden. Plötzlich wirkten seine Züge nicht mehr starr, unversöhnlich, undurchdringlich, und dass Femme ihn so gesehen hatte, war eine ganze Ewigkeit her. »Siehst du das?«, sagte sie. »Hast du das gesehen? Oh, das ist aber ein schöner Ausdruck in seinen Augen.« Held lachte, und »Held« sagte Femme daraufhin leise und beugte sich vor, um ihm die Haare aus dem Gesicht zu streichen.

Er hatte tatsächlich die Augen aufgeschlagen, und er hatte zwar gelacht, aber er fragte sich, was Femme und er in seiner Küche zu suchen hatten. »Mich nimmt wunder, Femme«, sagte er, »was hat sich hier zugetragen?« Er wartete jedoch nicht dringend auf Antwort. Stattdessen dachte er darüber nach, wie lange es her war, dass er geschlafen hatte, denn er hatte geschlafen, auch wenn er sich kaum daran erinnern konnte. Der Schlaf schien erholsam gewesen zu sein, und noch dazu hatte er nichts im Austausch dafür preisgegeben. Das erfüllte ihn mit einem freudigen, stillen Erstaunen. Und die Friedlichkeit des Augenblicks, die erfüllte ihn ebenfalls mit freudigem Erstaunen. Nur noch eine

Sekunde, dann wäre er wieder bei Atem und würde Femme fragen, ob es ihr gutgehe, ob er ihr etwas bringen, etwas für sie tun könne – vor allem nach den schwerwiegenden Enthüllungen über Großtante, die ihr heute aufgeladen worden waren, wo doch das Einzige, mit dem sie an diesem Tag gerechnet hatte, ein Mittagessen gewesen war. Er richtete sich mühsam auf, um sich neben sie an die Küchenzeile zu lehnen, und da bemerkte er den halben Inhalt seines Vorratsschranks um sich herum, ebenso wie seinen Alkohol, seine Töpfe und Pfannen, seine Messer und Femmes Nähzeug. Auch seine genähte Wunde entdeckte er, und dann seine Diagramme. »Wegen der Diagramme, Femme«, sagte er und dachte: Nur eine Sekunde noch, dann würde er ihr alles erklären, doch dann wusste er nicht, was er sagen sollte, wie er sie erklären sollte, vor allem in der Vergangenheitsform. Er würde etwas dazu sagen, aber nicht sofort. Jetzt würde er erst mal hier sitzen und aus dem Fenster schauen. Aus dem Küchenfenster, das sehr klein, einen Spaltbreit geöffnet und unmittelbar vor ihm war. Auch Femme blickte aus diesem Fenster, und von ihrem friedlichen Plätzchen auf dem Boden aus konnten sie gerade eben noch die Spitze von Großtantes Wolkenkratzer in der Ferne ausmachen. Eine sargförmige Wolke hing darüber, und die Dämmerung war angebrochen. Noch war die Sonne nicht untergegangen. Es war die blaue Stunde, die Phase der Verdunkelung. In der Luft jedoch lag der köstliche Geruch des Lebens. Vielleicht echt, vielleicht eingebildet, drang der Duft von frischgemähtem Gras herein, von umgegrabener feuchter Erde, von Geißblatt im Spätsommer – alles Dinge, die Menschen glücklich machen konnten, unerwartet glücklich noch dazu, und die wenig mehr kosteten als Dankbarkeit und die Bereitschaft, sich zu öffnen und durchzuatmen.